AF140279

Denis Geier:

Unendlichkeit

Band 1

Die Reise nach Paradoxa

Trivialliteratur-Mystery

Herstellung und Verlag:

BoD – Books on Demand, Norderstedt

Umschlag, Coverbild :

Netfalls©Can-Stock Photo

Bildrechte Seite 8:

halayalex © Can Stock Photo

Bildrechte Seite 79:

Netfalls©Can-Stock Photo

Bildrechte Seite 161:

prometeus© Can Stock Photo

Bildrechte Seite 171:

solarseven © Can Stock Photo

ISBN: 9783734732966

Vorwort zur Geschichte:

Diese Story ist verrückt, verwirrend, skurril und beginnt ohne große Einführung oder einer Auseinandersetzung mit den einzelnen Charakteren. Von null auf hundert, wie in einem echten Traum, nur viel verrückter. Erinnern Sie sich noch an Ihren letzten merkwürdigen Traum? Gab es da eine Vorgeschichte? Nein. Und dennoch war das Erlebnis, welches Ihnen Ihre eigenen Gedanken präsentiert haben, phänomenal. Richtig? Diese Freiheit erlebt Ihr Geist jetzt auch in dieser Geschichte. Die Handlungen, wie auch die Orte, wurden nicht bis ins kleinste Detail erklärt und behalten somit immer einen großen Interpretationsfreiraum. „Weniger ist mehr" lautet hier das Motto und so kann der Leser alle Situationen und Gegebenheiten in diesem Abenteuer nach eigenen   Vorstellungen selber ausschmücken. Fazit: die Stärke dieser Geschichte besteht darin, durch eine einfache Erzählweise Schlüsselreize zu aktivieren, die wiederum die eigene Vorstellungskraft fördern.

Der bekloppte Inhalt:

<u>Der Basis-Charakter:</u> Frau; hübsch, sexy, durchtrainiert.

<u>Ihr Manko:</u> Durch eine stärker werdende Schizophrenie verliert sie die Fähigkeit, zwischen Fantasie und Realität zu unterscheiden.

Bis hierhin nichts Neues, so eine Figur gibt es schon in vielen anderen   Geschichten.

<u>Jetzt zum Inhalt:</u> Sie kämpft gegen   Hexen und Dämonen, erlebt diverse erotische Eskapaden. Sie wird in ein geheimes Versuchslabor entführt, wo sie die Liebe ihres Lebens findet - einen Zombiewerwolf. Vorher aber macht sie noch eine kurze Zeitreise in das alte Ägypten, wo sie sich wiederum gegen

untote Mumien, die sich gegenseitig massakrieren, behaupten muss. Mittendrin begegnet dieser desorientierten Heldin auch noch die eigene Tochter, die kurzerhand vom Bösen zum Guten konvertiert und anschließend stirbt. Doch das war noch nicht alles. Am Ende der Geschichte trifft sie auf einen glatzköpfigen Professor namens Charly, der sich nur mit einem Rollstuhl fortbewegen kann. Dieses Handicap hindert ihn aber nicht daran, gemeinsam mit ihr und der Hilfe von Lara, einer sexy Sicherheitsmitarbeiterin mit übergroßer Sonnenbrille und zwei heißen Schießeisen, die Welt vor dem Untergang zu retten - oder auch nicht. Kurz: eine skurrile Fantasy-Reise, die man nicht unbedingt gemacht haben muss - aber sollte.

Vorsicht, nicht jedem gefällt so eine Freiheit beim Lesen, also frage ich Sie hiermit: sind Sie bereit für eine Reise nach Paradoxa?

Unendlichkeit Band 1:

Die Reise nach Paradoxa

Vor einiger Zeit habe ich einmal eine Geschichte gehört, eine völlig unglaubwürdige und mysteriöse Geschichte. Was ich aber bis vor Kurzem nicht wusste, ist, dass diese Geschichte auf einer wahren Begebenheit basiert, zumindest zum größten Teil. Deshalb möchte ich sie euch heute auch einmal erzählen. Ich versichere, dass die Person, die mir diese Geschichte anvertraut hat, ihr Leben lang von ihrer Wahrheit überzeugt war. Bis zum Tage ihres rätselhaften Todes.

Elisa ist ein wunderschönes, aufgewecktes und neugieriges junges Mädchen von gerade einmal sechzehn Jahren. Doch in letzter Zeit be-

nimmt sie sich für ihr Alter etwas
merkwürdig. Aus dem einst lebens-
bejahenden Mädchen wird mehr und
mehr eine Einzelgängerin. So wendet
sich Elisa von ihren alten Freunden
immer mehr ab, wie auch von ihrer
alleinerziehenden Mutter.

Als eines Tages in der Stadt einige
Kinder spurlos verschwinden und
Elisas Mutter Gegenstände von den
Vermissten in Elisas Zimmer findet,
schweigt sie vorerst über diesen
Fund, da sie nicht glaubt, dass ihre
Tochter auch nur das Geringste mit
dem Verschwinden dieser Kinder zu
tun hat. Dennoch beschattet sie ihre
Tochter heimlich, auf eigene Faust.
Dabei entdeckt sie das schreckliche
Geheimnis von Elisa. Trotz dieses
Wissens schweigt Elisas Mutter wei-

ter, bis zu dem Tag, als auch Elisa auf einmal spurlos verschwindet. Elisas Mutter befürchtet, dass ihre Tochter Opfer eines Verbrechens geworden ist, aber war sie vorher vielleicht selbst Täter? Und ist dieses Verschwinden vielleicht nur das Resultat einer vorangegangenen Tat? Was verdrängt Elisas Mutter und welches Geheimnis versucht sie zu verbergen?

Je mehr sie sich aber mit diesem mysteriösen Geheimnis ihrer verschwundenen Tochter auseinandersetzt, desto verwirrter werden ihre Erlebnisse. Spielt ihr Geist verrückt oder ist alles real?

„Manche Geheimnisse sollte man vielleicht niemals lüften."

… gerade eben, also jetzt in diesem Augenblick , in einem typischen amerikanischen Landhaus, mitten in einer beschaulichen und friedlichen Kleinstadt

Kleiner Junge: „Das ist ein großer Drache und der beschützt die Prinzessin. Der Drache kann fliegen und Feuer speien. Jetzt fliegt er auf die böse Hexe zu und speit Feuer: Wusch! Die Hexe schreit und steht in Flammen, und so rettet der mutige Drache die Prinzessin aus den Fängen der Hexe."

Die Mutter lächelt, als sie sieht, wie ihr kleiner Sohn auf dem Holzboden im Wohnzimmer mit seiner Burg und seinen Ritterfiguren spielt.

Mutter: „Komm langsam zum Ende und wasch dir noch die Hände. Es gibt gleich Abendessen."

Mit diesen Worten verlässt die Mutter den Raum und geht in die Küche.

Kleiner Junge: „Ja, Mama, ich spiele nur noch kurz zu Ende." Peng, bum, bam, und der Drache, der die Prinzessin befreit hat, gibt ihr jetzt einen Kuss und verwandelt sich in einen schönen Königssohn. „Schmatz."

„Mama, guck mal, die küssen sich."

In diesem Moment ertönt ein lautes Scheppern aus der Küche, so als ob jede Menge Töpfe zu Boden gefallen sind. Der Junge, der gerade noch freudig auf dem Boden gespielt hat, erschrickt und sieht mit großen Augen zur Küchentür. Wie in Zeitlupe steht er dann auf und geht Richtung Küche. Langsam öffnet er die Tür und sieht in einen verwüsteten Raum. Dort liegen Töpfe samt Inhalt verteilt auf dem Boden. Der Wasserhahn läuft auch noch, genau wie das alte Röhrenradio, das seine Mutter vor einiger Zeit von ihrem Bruder geschenkt bekommen hat. Aber wo ist die Mutter des Jungen? Ängstlich beginnt der Kleine, nach seiner Mutter zu rufen. „Mama, Mama, wo bist du?" Doch er erhält keine Antwort. Verängstigt rennt er durch das Haus, bis er auf einmal vor der Treppe, die ins Obergeschoss führt, wie gebannt stehen bleibt. Er sieht die Treppe hinauf und hört ein leises Stöhnen, so als ob sich jemand verletzt hat. Ist das seine Mutter? Ist sie vielleicht gestürzt und braucht seine Hilfe? In

Windeseile rennt der Junge die Treppe hinauf und folgt diesem nach Hilfe flehenden Geräusch geradewegs in das Schlafzimmer seiner Eltern. Als er die Tür aufreißt, schreit er erschrocken auf. Auf dem Boden liegt eine Frau, die von Kopf bis Fuß von Schlamm überzogen ist und am Kopf eine schwere Verletzung hat. Der Junge schreit, kann aber nicht weglaufen, da er sich vor Schreck nicht bewegen kann. Die am Boden liegende Frau schaut ihn mit immer größer werdenden Augen an und kreischt: „Komm her!" Sie robbt mit letzter Kraft zu ihm und greift nach seiner Hand. Der Junge zittert am ganzen Körper, kann sich aber aus dieser Starre nicht befreien. „Komm her!", schreit die Frau auf dem Fußboden immer wieder, bis sie den

Jungen am Arm erwischt. In diesem Augenblick erwacht der Junge aus seiner Starre und versucht, sich aus dem Griff der Frau zu befreien. Dies gelingt ihm auch. Er dreht sich um und will aus dem Zimmer fliehen fällt dabei jedoch unglücklich auf die Bettkante und direkt in die Arme der Frau am Boden. Diese wälzt sich mit ihrem gesamten Körper über ihn, so lange, bis er aufhört, nach Hilfe zu schreien. In diesem Augenblick wird es im Raum schlagartig finster. Die Frau auf dem Boden sieht sich in dieser Dunkelheit im Raum um, bis sie auf einmal einen kleinen Lichtkegel erkennt. Langsam und mit letzter Kraft schleppt sie sich zum Licht. Mit ihrer rechten Hand versucht sie nun, das Licht zu erreichen, dabei bemerkt sie, dass es sich um eine Tür handelt. Sie versucht, den Türgriff zu ertasten, um die Tür zu öffnen. Im selben Augenblick, als sie den Türknauf dreht, wird sie von der Morgensonne geblendet und der dunkle Raum hinter ihr leuchtet ebenfalls durch diese hellen Strahlen. Verwirrt schaut sie sich wieder um. Alles ist in Ordnung und sie selbst liegt ohne Verletzungen auf dem Boden ihres Hauses. Sie steht auf, schaut sich noch einmal um und geht die Treppe des Hauses langsam hinab, hinunter in die Küche. Dort wird sie bereits von einem freundlichen Mann erwartet. „Hallo, mein Schatz. Möchtest du einen Kaffee?", fragt der Mann. Die Frau schaut ihn verwirrt an. „Alles in Ordnung, Amelie?" Die Frau erinnert sich, dass sie Amelie ist, aber wer ist der Mann in ihrer

Küche? Fragend sieht sie ihn mit großen Augen an. „Hast du wieder schlecht geträumt? Ich bin es, André, dein Mann." Amelie ist immer noch verwirrt, lässt sich aber von diesem André auf die Stirn küssen und trinkt den für sie zubereiteten Kaffee. Irgendwie kommt ihr diese Situation aber merkwürdig vor. „Schatz, zieh dich an, du wirst gleich von deiner Kollegin abgeholt", hört Amelie noch aus dem Nebenraum, als es schon an der Tür klingelt. „Ich geh an die Tür!", ruft André. Wenige Sekunden später steht er auch schon zusammen mit einer jungen Frau in der Küchentür. Amelie erkennt die Frau sofort und lächelt. „Sorry, bin heute etwas neben der Spur. Ich zieh mich kurz an." Die Frau neben André antwortet nur mit einem „Ach ja?" und schaut dabei lächelnd zu Amelies Freund. Nach wenigen Minuten ist Amelie umgezogen und verlässt mit ihrer Kollegin das Haus. Diese erzählt während der Fahrt von ihrem gestrigen Tag, doch Amelie ist mit den Gedanken immer noch nicht richtig in der Gegenwart. Sie beobachtet eine alte Landstreicherin, die einen Einkaufswagen schiebt und als sie an dieser vorbeigefahren sind, sieht Amelie noch einmal in ihrem Außenspiegel zu der alten Frau. In diesem Moment verschwindet diese aber in einer Pfütze im Boden. Amelie streicht sich mit den Händen über ihr Gesicht und sagt zu ihrer Kollegin: „Ich glaub, ich bin immer noch in einem Traum. Weißt du, was ich da gerade im Außenspiegel gesehen habe?" Amelie schaut zu ihrer Kollegin hinüber, die das Auto fährt. Doch am Steuer des Fahrzeugs sitzt niemand. Amelie ist allein im Wagen. Plötzlich kollidiert ihr Fahrzeug direkt mit einem Schulbus und alles wird blitzartig dunkel. In dieser Dunkelheit vernimmt sie nun Stimmen, die aufgeregt durcheinandersprechen. Sie öffnet die Augen und befindet sich inmitten eines furchtbaren Unfalls. Unter Schock steht sie langsam auf und läuft ziellos durch die Menge. Als sie nach einiger Zeit wieder ihr volles Bewusstsein erlangt, sitzt sie mit Handschellen auf einem Polizeirevier in einer Zelle. Wie sie hierhergekommen ist und warum, weiß sie aber nicht mehr. So wartet sie in ihrer Zelle auf das, was auch immer jetzt geschehen mag. Nach einiger Zeit kommen zwei Beamte und holen Amelie aus ihrer Gefängniszelle ab. Sie verlassen das Polizeirevier und fahren zu einem Hochhaus im Stadtzentrum. Dort steigen sie aus und übergeben Amelie an zwei seltsam aussehende Männer in schwarzen Anzügen. „Bin ich hier bei den Men in Black gelandet?", scherzt Amelie kurz, und das, obwohl ihr eigentlich gar nicht zum Scherzen ist. Die beiden Männer führen sie daraufhin in einen Fahrstuhl, der sie in die 34. Etage des Gebäudes bringt. Dort soll sie in einem Raum warten. Amelie schaut sich um, hier war sie noch nicht, aber was soll sie hier? Da öffnet sich die Tür des Raums und ein älterer Mann mit einem Gehstock betritt den Raum. Er sieht Amelie an, und ohne ein Wort zu sagen, setzt er sich auf einen Sessel, der direkt vor dem großen Fenster steht, von dem man über die gesamte Stadt sehen kann. Da geht die Tür wieder auf und eine Frau in einem weißen Kittel betritt den Raum. Diese setzt sich an einen Schreibtisch, der in der hintersten Ecke des Raums etwas versteckt steht. „Schön, dass Sie hier sind. Was haben Sie mir heute zu erzählen?", fragt der Mann im Sessel Amelie. Amelie schaut den Mann verwundert an und kommt etwas näher an das Fenster.

Amelie: „Wie meinen Sie das? Was soll ich Ihnen denn erzählen?"

Mann im Sessel: „Erinnern sie sich nicht an mich? Wir reden doch fast täglich miteinander."

Amelie sieht den Mann misstrauisch an.

Amelie: „Und über was reden wir fast täglich?"

Der Mann steht aus seinem Sessel auf und gibt der Dame im weißen Kittel ein Zeichen. Die Jalousien der Fenster verdunkeln sich und eine Leinwand fährt an der Wand herunter.

Mann mit Gehstock: „Wir reden über deine Wahnvorstellungen."

Amelie: „Über was?"

Mann mit Gehstock: „Du hast gerade keine Ahnung, wovon ich rede, oder? Ich werde es dir zeigen. Starten Sie bitte die Aufnahme."

Die Frau im Kittel startet einen Film. In diesem Film erkennt sich Amelie selbst wieder. Sie ist in einer Zwangsjacke und in einer gepolsterten Zelle. Aber wieso?

Amelie: „Wo bin ich da? Was mach ich da? … Und …"

Mann mit Gehstock: „Immer langsam, ich werde dir alles erklären. Dein Name ist Amelie Fox und du leidest an einer Meningitis. Das ist eine Hirnhautentzündung. Durch diese Entzündung hat sich deine Erinnerungsfähigkeit verringert, das bedeutet in deinem Fall eine erhöhte Vergesslichkeit, Konzentrationsschwäche, Verwirrtheit und Benommenheit. In seltenen Fällen kommt es auch vor, dass die Betroffenen ins Koma fallen. Das ist bei dir leider geschehen. Vor einigen Monaten hat dich ein Wanderer im Wald gefunden und du warst mehrere Tag im Koma. Als die Polizei dann einige Sachen aus deinem Haus holen wollte, fand sie dort einige Gegenstände, die von vermissten Kindern aus dem Ort stammten. Als du dann wieder aus dem Koma erwacht bist, hast du dich an nichts mehr erinnern können. Im Gegenteil, ein Arzt hat bei dir eine extreme dissoziative Identitätsstörung festgestellt."

Amelie: „Schizophrenie?"

Mann mit Gehstock: „Ja, und das schubweise. Ein Schub, also eine akute Krankheitsphase, kann mehrere Wochen bis Monate dauern. Danach klingt die Krankheit mehr oder weniger vollständig ab, bis nach einigen Monaten oder Jahren ein neuer Schub erfolgt. Nur selten bleibt es bei einem einzelnen Schub. Du hast dich also wieder erholt, bliebst aber trotzdem unter Beobachtung in unserer Klinik. Wir haben vermutet, dass der Ausbruch damals bei dir mit einer frühkindlichen Trauma-Erfahrung zusammenhing. Wir wissen aber bis heute nicht welche."

Amelie: „Aber ich war doch jetzt gar nicht in einer Klinik?"

Mann mit Gehstock: „Richtig, du bist vor zwei Wochen aus einem Kriseninterventionsraum geflohen, beziehungsweise verschwunden, und das, obwohl die Tür verschlossen war. Merkwürdigerweise gibt es aber keine verwertbaren Videoüberwachungsaufnahmen. Daher frage ich mich natürlich: wie bist du da hinausgekommen?" Fragend sieht der Mann Amelie tief in die Augen. Dann dreht er sich um und erzählt weiter, während er langsam auf und ab durch den Raum geht.

Mann mit Gehstock: „Hast du eigentlich dein Kind wiedergefunden?"

Bei dieser Frage bleibt der Mann auf einmal stehen.

Amelie: „Ich habe ein Kind?"

Mann mit Gehstock: „Du hast auf jeden Fall von ihr erzählt. Wie war noch ihr Name?"

Amelie überlegt und erinnert sich an den Namen Elisa, aber soll sie diesem Mann den Namen sagen? Er scheint sie ja sowieso für verrückt zu halten, also schweigt Amelie. Als der Mann merkt, dass er keine Antwort auf seine Frage erhält, lässt er Amelie nun von zwei Männern abführen.

Mann mit Gehstock: „Bringt sie zurück in die Klinik, vielleicht erinnert sie sich ja morgen an irgendetwas. Stopp, wenn ihr angekommen seid, steckt sie in eine Weichzelle und fixiert sie. Ach Amelie, wie sagte schon Hilde Domin: jeder meint, dass seine Wirklichkeit die richtige Wirklichkeit ist."

Amelie blickt noch einmal verwirrt zu dem Mann mit Gehstock und wird aus dem Raum geführt. Ein schwarzer Transporter fährt vor und die beiden Männer in Schwarz drängen Amelie in das Fahrzeug. Amelie ist immer noch durcheinander und versteht überhaupt nicht, was da gerade mit ihr geschieht. Als sie kurze Zeit später in der Anstalt eintreffen, kommt ihr eine wohlgenährte Krankenschwester entgegen.

Krankenschwester: „Hallo Amelie, auch wieder da? Diesmal passen wir besser auf." Lächelnd geht die Schwester weiter und zwei Pfleger übernehmen Amelie. In einem separaten Raum muss sie sich entkleiden und die beiden Pfleger überprüfen jede Körperöffnung von Amelie genau.

Pfleger 1: „Stell dich nicht so an, das haben wir doch schon so oft gemacht."

Pfleger 2: „Wir wollen nur das Beste für dich. Nicht dass du dir selbst noch etwas antust.

Die beiden Pfleger amüsieren sich bei dieser Überprüfung und befummeln Amelie am ganzen Körper. Als sie fertig sind, führen sie sie in eine Weichzelle und befestigen ihre Hände an einer Kette.

Pfleger 1: „Schöne Träume und bis morgen."

Sie schließen die gepolsterte Tür und Amelie bleibt allein in der Zelle zurück. Sie beginnt zu weinen und schreit verzweifelt, bis sie letztendlich einschläft.

Zur selben Zeit … gerade eben, also jetzt in diesem Augenblick , in einem typischen amerikanischen Landhaus, mitten in einer beschaulichen und friedlichen Kleinstadt …

Kleiner Junge: „Das ist ein großer Drache und der beschützt die Prinzessin. Der Drache kann fliegen und Feuer speien. Jetzt fliegt er auf die böse Hexe zu und speit Feuer: Wusch! Die Hexe schreit und steht in Flammen, und so rettet der mutige Drache die Prinzessin aus den Fängen der Hexe."

Die Mutter lächelt, als sie sieht, wie ihr kleiner Sohn auf dem Holzboden im Wohnzimmer mit seiner Burg und seinen Ritterfiguren spielt.

Mutter: „Komm langsam zum Ende und wasch dir noch die Hände. Es gibt gleich Abendessen."

Mit diesen Worten verlässt die Mutter den Raum und geht in die Küche.

Kleiner Junge: „Ja, Mama, ich spiele nur noch kurz zu Ende." Peng, bum, bam, und der Drache, der die Prinzessin befreit hat, gibt ihr jetzt einen Kuss und verwandelt sich in einen schönen Königssohn. „Schmatz."

„Mama, guck mal, die küssen sich."

In diesem Moment ertönt ein lautes Scheppern aus der Küche, so als ob jede Menge Töpfe zu Boden gefallen sind. Der Junge, der gerade noch freudig auf dem Boden gespielt hat, erschrickt und sieht mit großen Augen zur Küchentür. Wie in Zeitlupe steht er dann auf und geht Richtung Küche. Langsam öffnet er die Tür und sieht in einen verwüsteten

Raum. Dort liegen Töpfe samt Inhalt verteilt auf dem Boden. Der Wasserhahn läuft auch noch, genau wie das alte Röhrenradio, das seine Mutter vor einiger Zeit von ihrem Bruder geschenkt bekommen hat. Aber wo ist die Mutter des Jungen? Ängstlich beginnt der Kleine, nach seiner Mutter zu rufen. „Mama, Mama, wo bist du?" Doch er erhält keine Antwort. Verängstigt rennt er durch das Haus, bis er auf einmal vor der Treppe, die ins Obergeschoss führt, wie gebannt stehen bleibt. Er sieht die Treppe hinauf und hört ein leises Stöhnen, so als ob sich jemand verletzt hat. Ist das seine Mutter? Ist sie vielleicht gestürzt und braucht seine Hilfe? In Windeseile rennt der Junge die Treppe hinauf und folgt diesem nach Hilfe flehenden Geräusch gerade-

wegs in das Schlafzimmer seiner Eltern. Als er die Tür aufreißt, schreit
er erschrocken auf. Auf dem Boden
liegt eine Frau, die von Kopf bis Fuß
von Schlamm überzogen ist und am
Kopf eine schwere Verletzung hat.
Der Junge schreit, kann aber nicht
weglaufen, da er sich vor Schreck
nicht bewegen kann. Die am Boden
liegende Frau schaut ihn mit immer
größer werdenden Augen an und
ruft „Komm her!" Sie robbt mit letzter Kraft zu ihm und greift nach seiner Hand. Der Junge zittert am ganzen Körper, kann sich aber aus dieser Starre nicht befreien. „Komm
her!", schreit die Frau auf dem Fußboden immer wieder, bis sie den
Jungen am Arm erwischt. In diesem
Augenblick erwacht der Junge aus
seiner Starre und versucht, sich aus

dem Griff der Frau zu befreien. Dies gelingt ihm auch. Er dreht sich um und will aus dem Zimmer fliehen doch da fällt der Junge wieder in eine Starre. Denn im Spiegelschrank, der direkt hinter ihm steht, sieht er das Spiegelbild seiner Mutter. Da ertönen leise, aber bestimmende Worte aus dem Schrank: „Gib mir die Hand, mein Schatz." Das Spiegelbild der Mutter beginnt freundlich zu lächeln und ihre Hand greift durch den Spiegel dem kleinen Jungen entgegen. Mit großen Augen und offenem Mund sieht dieser ängstlich und gebannt auf den Spiegel. Als er aber von der Hand des Spiegelbilds berührt wird, zuckt er zusammen und geht erschrocken einen Schritt zurück. Dabei knickt er mit dem Fuß um und stolpert. Er fällt direkt auf die Bettkante. Die Frau, die noch immer am Boden liegt, zieht ihn im selben Augenblick zu sich und versucht, ihn mit ihrem Körper vor dem Spiegelbild zu schützen. Der Junge, der immer noch unter Schock steht und mit der Situation völlig überfordert ist, beginnt zu schreien und um sich zu schlagen. Blitzartig wird es still im Raum. Die Frau, die versucht hat, den Jungen zu schützen, sieht unter sich und bemerkt, dass das Kind verschwunden ist. Sie blickt zum Spiegel und erkennt, wie sie die Mutter mit dem Kind aus diesem anlächelt. „Mama, wo gehen wir hin?", vernimmt sie noch leise. „Wir gehen an einen besonderen Ort, mein Schatz." Die Mutter dreht sich um und verschwindet langsam mit ihrem Kind auf dem Arm. Kurz bevor sie jedoch ganz verschwindet, dreht sie sich noch einmal um und ihr Gesicht verwandelt sich in das Antlitz einer garstigen alten Hexe. In diesem Augenblick wird es im Raum schlagartig finster. Die Frau auf dem Boden sieht sich in dieser Dunkelheit im Raum um, bis sie auf einmal einen kleinen Lichtkegel erkennt. Langsam und mit letzter Kraft schleppt sie sich zum Licht. Mit ihrer rechten Hand versucht sie nun, das Licht zu erreichen, dabei bemerkt sie, dass es sich um eine Tür handelt. Sie versucht, den Türgriff zu ertasten, um die Tür zu öffnen. Im selben Augenblick, als sie den Türknauf dreht, wird sie von der Morgensonne geblendet und der dunkle Raum hinter ihr leuchtet ebenfalls durch diese

hellen Strahlen. Verwirrt schaut sie
sich wieder um. Alles ist in Ordnung
und sie selbst liegt ohne Verletzungen auf dem Boden ihres Hauses. Sie
steht auf, schaut sich noch einmal
um und geht die Treppe des Hauses
langsam hinab, hinunter in die Küche. Dort wird sie bereits von einem
freundlichen Mann erwartet. „Hallo,
mein Schatz. Möchtest du einen Kaffee?", fragt der Mann. Die Frau
schaut ihn verwirrt an. „Alles in
Ordnung, Amelie?" Die Frau erinnert sich, dass sie Amelie ist, aber
wer ist der Mann in ihrer Küche?
Fragend sieht sie ihn mit großen Augen an. „Hast du wieder schlecht
geträumt? Ich bin es, André, dein
Mann." Amelie ist immer noch verwirrt, lässt sich aber von diesem
André auf die Stirn küssen und

trinkt den für sie zubereiteten Kaffee.
Irgendwie kommt ihr diese Situation
aber merkwürdig vor. „Schatz, zieh
dich an, du wirst gleich von deiner
Kollegin abgeholt", hört Amelie
noch aus dem Nebenraum, als es
schon an der Tür klingelt. „Ich geh
an die Tür!", ruft André. Amelie
steht rückartig auf und rennt zur
Hintertür und von dort aus in den
Garten, wo sie stehen bleibt. „Langsam", sagt sie zu sich selbst. „Das
hab ich alles schon einmal erlebt, ich
bin in einem Traum. Das muss ein
Traum sein." Da erblickt sie aus dem
Augenwinkel eine Landstreicherin
mit ihrem Einkaufswagen hinter einer Hecke. „Halt, bleiben Sie stehen!", ruft sie dieser alten Frau zu.
„Sie sind nicht echt!" Doch als sie auf
der anderen Seite der Hecke an-

kommt, ist die Frau verschwunden. Amelie rauft sich die Haare und entdeckt dann eine Pfütze auf dem Weg. „Das ist jetzt nur ein Traum, oder?" Wie von einer Tarantel gestochen, springt sie in diese Pfütze, doch sie versinkt nicht in ihr, sondern wird einfach nur nass. Als sie sich wieder beruhigt, stehen ihre Kollegin und ihr Freund auf dem Fußweg und sehen sie fragend an. Gemeinsam gehen sie dann in das Haus zurück und Amelie zieht sich noch einmal um. So fährt sie, etwas verspätet, mit ihrer Kollegin los. Nach kurzer Zeit müssen sie aber rasch stehen bleiben und werden von der Polizei umgeleitet. Die Kollegin öffnet daraufhin das Seitenfenster und fragt einen Polizisten, was denn los sei. „Ein Autounfall, jemand ist in einen Bus gefahren." Amelie denkt nach. „Wer ist in den Bus gefahren? Ich kann es nicht gewesen sein." So grübelt sie noch den ganzen Tag über diese Geschehnisse nach, bis sie abends endlich zur Ruhe kommt und neben ihrem Mann einschläft. Zur selben Zeit in einem typischen amerikanischen Landhaus, mitten in einer beschaulichen und friedlichen Kleinstadt …

Kleiner Junge: „Das ist ein großer Drache und der beschützt die Prinzessin. Der Drache kann fliegen und Feuer speien. Jetzt fliegt er auf die böse Hexe zu und speit Feuer: Wusch! Die Hexe schreit und steht in Flammen, und so rettet der mutige Drache die Prinzessin aus den Fängen der Hexe."

Die Mutter lächelt, als sie sieht, wie ihr kleiner Sohn auf dem Holzboden im Wohnzimmer mit seiner Burg und seinen Ritterfiguren spielt.

Mutter: „Komm langsam zum Ende und wasch dir noch die Hände. Es gibt gleich Abendessen."

Mit diesen Worten verlässt die Mutter den Raum und geht in die Küche.

Kleiner Junge: „Ja, Mama, ich spiele nur noch kurz zu Ende." Peng, bum, bam, und der Drache, der die Prinzessin befreit hat, gibt ihr jetzt einen Kuss und verwandelt sich in einen schönen Königssohn. „Schmatz."

„Mama, guck mal, die küssen sich."

In diesem Moment ertönt ein lautes Scheppern aus der Küche, so als ob jede Menge Töpfe zu Boden gefallen sind. Der Junge, der gerade noch freudig auf dem Boden gespielt hat, erschrickt und sieht mit großen Augen zur Küchentür. Wie in Zeitlupe steht er dann auf und geht Richtung Küche. Langsam öffnet er die Tür und sieht in einen verwüsteten Raum. Dort liegen Töpfe samt Inhalt verteilt auf dem Boden. Der Wasserhahn läuft auch noch, genau wie das alte Röhrenradio, das seine Mutter vor einiger Zeit von ihrem Bruder geschenkt bekommen hat. Aber wo ist die Mutter des Jungen? Ängstlich beginnt der Kleine, nach seiner Mutter zu rufen. „Mama, Mama, wo bist du?" Doch er erhält keine Antwort. Verängstigt rennt er durch das Haus, bis er auf einmal vor der Treppe, die ins Obergeschoss führt, wie gebannt stehen bleibt. Er sieht die Treppe hinauf und hört ein leises Stöhnen, so als ob sich jemand verletzt hat. Ist das seine Mutter? Ist sie vielleicht gestürzt und braucht seine Hilfe? In Windeseile rennt der Junge die Treppe hinauf und folgt diesem nach Hilfe flehenden Geräusch geradewegs in das Schlafzimmer seiner Eltern. Als er die Tür aufreißt, schreit er erschrocken auf. Auf dem Boden liegt eine Frau, die von Kopf bis Fuß von Schlamm überzogen ist und am Kopf eine schwere Verletzung hat. Der Junge schreit, kann aber nicht weglaufen, da er sich vor Schreck nicht bewegen kann. Die am Boden liegende Frau schaut ihn mit immer größer werdenden Augen an und schreit: „Komm her!" Sie robbt mit letzter Kraft zu ihm und greift nach seiner Hand. Der Junge zittert am ganzen Körper, kann sich aber aus dieser Starre nicht befreien. „Komm her!", schreit die Frau auf dem Fußboden immer wieder, bis sie den Jungen am Arm erwischt. In diesem Augenblick erwacht der Junge aus seiner Starre und versucht, sich aus dem Griff der Frau zu befreien. Dies gelingt ihm auch. Er dreht sich um und will aus dem Zimmer fliehen doch in diesem Augenblick fällt der Junge wieder in eine Starre. Denn im Spiegelschrank, der direkt hinter ihm steht, sieht er das Spiegelbild seiner Mutter. Da ertönen leise, aber bestimmende Worte aus dem Schrank: „Gib mir die Hand, mein Schatz." Das Spiegelbild der Mutter beginnt freundlich zu lächeln und ihre Hand greift durch den Spiegel dem kleinen

Jungen entgegen. Mit großen Augen und offenem Mund sieht dieser ängstlich und gebannt auf den Spiegel. Als er aber von der Hand des Spiegelbilds berührt wird, zuckt er zusammen und geht erschrocken einen Schritt zurück. Dabei knickt er mit dem Fuß um und stolpert. Er fällt direkt auf die Bettkante. Die Frau, die noch immer am Boden liegt, zieht ihn im selben Augenblick zu sich und versucht, ihn mit ihrem Körper vor dem Spiegelbild zu schützen. Der Junge, der immer noch unter Schock steht und mit der Situation völlig überfordert ist, beginnt zu schreien und um sich zu schlagen. Blitzartig wird es still im Raum. Die Frau, die versucht hat, den Jungen zu schützen, sieht unter sich und bemerkt, dass das Kind verschwunden ist. Sie blickt zum Spiegel und erkennt, wie sie die Mutter mit dem Kind aus diesem anlächelt. „Mama, wo gehen wir hin?", vernimmt sie noch leise. „Wir gehen an einen besonderen Ort, mein Schatz." Die Mutter dreht sich um und verschwindet langsam mit ihrem Kind auf dem Arm. Kurz bevor sie jedoch ganz verschwindet, dreht sie sich noch einmal um und ihr Gesicht verwandelt sich in das Antlitz einer garstigen alten Hexe. In diesem Augenblick wird es im Raum schlagartig finster. Die Frau auf dem Boden sieht sich in dieser Dunkelheit im Raum um, bis sie auf einmal einen kleinen Lichtkegel erkennt. Langsam und mit letzter Kraft schleppt sie sich zum Licht. Mit ihrer rechten Hand versucht sie nun, das Licht zu erreichen, dabei bemerkt sie, dass es sich um eine Tür handelt. Sie versucht, den Türgriff zu ertasten, um die Tür zu öffnen. Im selben Augenblick, als sie den Türknauf dreht, wird sie von der Morgensonne geblendet und der dunkle Raum hinter ihr leuchtet ebenfalls durch diese hellen Strahlen. Verwirrt schaut sie sich wieder um. Alles ist in Ordnung und sie selbst liegt ohne Verletzungen auf dem Boden ihres Hauses. Sie steht auf, schaut sich noch einmal um und geht die Treppe des Hauses langsam hinab, hinunter in die Küche. Dort wird sie bereits von einem freundlichen Mann erwartet. „Hallo, mein Schatz. Möchtest du einen Kaffee?", fragt der Mann. Die Frau schaut ihn verwirrt an. „Alles in Ordnung, Amelie?" Die Frau erinnert sich, dass sie Amelie ist, aber wer ist der Mann in ihrer Küche? Fragend sieht sie ihn mit großen Augen an. „Hast du wieder schlecht geträumt? Ich bin es, André, dein Mann." Amelie ist immer noch verwirrt, lässt sich aber von diesem André auf die Stirn küssen und trinkt den für sie zubereiteten Kaffee. Irgendwie kommt ihr diese Situation aber merkwürdig vor. „Schatz, zieh dich an, du wirst gleich von deiner Kollegin abgeholt", hört Amelie noch aus dem Nebenraum, als es schon an der Tür klingelt. „Ich geh an die Tür!", ruft André. Wenige Sekunden später steht er auch schon zusammen mit einer jungen Frau in der Küchentür. Amelie erkennt die Frau sofort und lächelt. „Sorry, bin heute etwas neben der Spur. Ich zieh mich kurz an." Die Frau neben André antwortet nur mit einem „Ach ja?" und schaut dabei lächelnd zu Amelies Freund. Nach wenigen Minuten ist Amelie umgezogen und verlässt mit ihrer Kollegin das Haus. Diese erzählt während der Fahrt von ihrem gestrigen Tag, doch Amelie ist mit den Gedanken immer noch nicht richtig in der Gegenwart. Sie beobachtet eine alte Landstreicherin, die einen Einkaufswagen schiebt und als sie an dieser vorbeigefahren sind, sieht Amelie noch einmal in ihrem Außenspiegel zu der alten Frau. In diesem Moment verschwindet diese aber in einer Pfütze im Boden. Amelie streicht sich mit den Händen über ihr Gesicht und sagt zu ihrer Kollegin: „Ich glaub, ich bin immer noch in einem Traum. Weißt du, was ich da gerade im Außenspiegel gesehen habe?" Amelie schaut zu ihrer Kollegin hinüber, die das Auto fährt. Doch am Steuer des Fahrzeugs sitzt niemand. Amelie ist allein im Wagen. Plötzlich kollidiert ihr Fahrzeug direkt mit einem Schulbus und alles wird blitzartig dunkel. In dieser Dunkelheit vernimmt sie nun Stimmen, die aufgeregt durcheinandersprechen. Sie öffnet die Augen und befindet sich inmitten eines furchtbaren Unfalls. Unter Schock steht sie langsam auf und läuft ziellos durch die Menge. Als sie nach einiger Zeit wieder ihr volles Bewusstsein erlangt, sitzt sie mit Handschellen auf einem Polizeirevier in einer Zelle. Wie sie hierhergekommen ist und warum, weiß sie aber nicht mehr. So wartet sie in ihrer Zelle auf das, was auch immer jetzt geschehen mag. Nach einiger Zeit kommen zwei Beamte und holen Amelie aus ihrer Gefängniszelle ab. Sie verlassen das Polizeirevier und fahren zu einem Hochhaus im Stadtzentrum. Dort steigen sie aus und übergeben Amelie an zwei seltsam aussehende Männer in schwarzen Anzügen. „Bin ich hier bei den Men in Black gelandet?", scherzt Amelie kurz, und das, obwohl ihr eigentlich gar nicht zum Scherzen ist. Die beiden Männer führen sie daraufhin in einen Fahrstuhl, der sie in die 34. Etage des Gebäudes bringt. Dort soll sie in einem Raum warten. Amelie schaut sich um, hier war sie noch nicht, aber was soll sie hier? Da öffnet sich die Tür des Raums und ein älterer Mann mit einem Gehstock betritt den Raum. Er sieht Amelie an, und ohne ein Wort zu sagen, setzt er sich auf einen Sessel, der direkt vor dem großen Fenster steht, von dem man über die gesamte Stadt sehen kann. Da geht die Tür wieder auf und eine Frau in einem weißen Kittel betritt den Raum. Diese setzt sich an einen Schreibtisch, der in der hintersten Ecke des Raums etwas versteckt steht. „Schön, dass Sie hier sind. Was haben Sie mir heute zu erzählen?", fragt der Mann im Sessel Amelie. Amelie schaut den Mann verwundert an und kommt etwas näher an das Fenster.

Amelie: „Wie meinen Sie das? Was soll ich Ihnen denn erzählen?"

Mann im Sessel: „Erinnern sie sich nicht an mich? Wir reden doch fast täglich miteinander."

Amelie sieht den Mann misstrauisch an.

Amelie: „Und über was reden wir fast täglich?"

Der Mann steht aus seinem Sessel auf und gibt der Dame im weißen Kittel ein Zeichen. Die Jalousien der Fenster verdunkeln sich und eine Leinwand fährt an der Wand herunter.

Mann mit Gehstock: „Wir reden über deine Wahnvorstellungen."

Amelie: „Über was?"

Mann mit Gehstock: „Du hast gerade keine Ahnung, wovon ich rede, oder? Ich werde es dir zeigen. Starten Sie bitte die Aufnahme."

Die Frau im Kittel startet einen Film. In diesem Film erkennt sich Amelie selbst wieder. Sie ist in einer Zwangsjacke und in einer gepolsterten Zelle. Aber wieso?

Amelie: „Wo bin ich da? Was mach ich da? ... Und ..."

Mann mit Gehstock: „Immer langsam, ich werde dir alles erklären. Dein Name ist Amelie Fox und du leidest an einer Meningitis. Das ist eine Hirnhautentzündung. Durch diese Entzündung hat sich deine Erinnerungsfähigkeit verringert, das bedeutet in deinem Fall eine erhöhte Vergesslichkeit, Konzentrationsschwäche, Verwirrtheit und Benommenheit. In seltenen Fällen kommt es auch vor, dass die Betroffenen ins Koma fallen. Das ist bei dir leider geschehen. Vor einigen Monaten hat dich ein Wanderer im Wald gefunden und du warst mehrere Tag im Koma. Als die Polizei dann einige Sachen aus deinem Haus holen wollte, fand sie dort einige Gegenstände, die von vermissten Kindern aus dem Ort stammten. Als du dann wieder aus dem Koma erwacht bist, hast du dich an nichts mehr erinnern können. Im Gegenteil, ein Arzt hat bei dir eine extreme dissoziative Identitätsstörung festgestellt."

Amelie: „Schizophrenie?"

Mann mit Gehstock: „Ja, und das schubweise. Ein Schub, also eine akute Krankheitsphase, kann mehrere Wochen bis Monate dauern. Danach klingt die Krankheit mehr oder weniger vollständig ab, bis nach einigen Monaten oder Jahren ein neuer Schub erfolgt. Nur selten bleibt es bei einem einzelnen Schub. Du hast dich also wieder erholt, bliebst aber trotzdem unter Beobachtung in unserer Klinik. Wir haben vermutet, dass der Ausbruch damals bei dir mit einer frühkindlichen Trauma-Erfahrung zusammenhing. Wir wissen aber bis heute nicht welche."

Amelie: „Aber ich war doch jetzt gar nicht in einer Klinik?"

Mann mit Gehstock: „Richtig, du bist vor zwei Wochen aus einem Kriseninterventionsraum geflohen, beziehungsweise verschwunden, und das, obwohl die Tür verschlossen war. Merkwürdigerweise gibt es aber keine verwertbaren Videoüberwachungsaufnahmen. Daher frage ich mich natürlich: wie bist du da hinausgekommen?"

Fragend sieht der Mann Amelie tief in die Augen. Dann dreht er sich um und erzählt weiter, während er langsam auf und ab durch den Raum geht.

Mann mit Gehstock: „Hast du eigentlich dein Kind wiedergefunden?"

Bei dieser Frage bleibt der Mann auf einmal stehen.

Amelie: „Ich habe ein Kind?"

Mann mit Gehstock: „Du hast auf jeden Fall von ihr erzählt. Wie war noch ihr Name?"

Amelie überlegt und erinnert sich an den Namen Elisa, aber soll sie diesem Mann den Namen sagen? Er scheint sie ja sowieso für verrückt zu halten, also schweigt Amelie. Als der Mann merkt, dass er keine Antwort auf seine Frage erhält, lässt er Amelie nun von zwei Männern abführen.

Mann mit Gehstock: „Bringt sie zurück in die Klinik, vielleicht erinnert sie sich ja morgen an irgendetwas. Stopp, wenn ihr angekommen seid, steckt sie in eine Weichzelle und fixiert sie. Ach Amelie, wie sagte schon Hilde Domin: jeder meint, dass seine Wirklichkeit die richtige Wirklichkeit ist." Amelie blickt noch einmal verwirrt zu dem Mann mit Gehstock und wird aus dem Raum geführt. Amelie: „Halt, was haben Sie da gerade gesagt?"

Der Mann mit dem Gehstock dreht sich zu Amelie.

Amelie: „Jeder meint, dass seine Wirklichkeit die richtige Wirklichkeit ist, aber es gibt eine Menge Dinge in der Welt, die ich gern anders hätte, als sie in Wirklichkeit sind; aber in einer Welt ohne Böses würde das Leben nicht lebenswert sein." (Thomas Stearns Eliot)

Mann mit Gehstock: „Was meinst du?"

In diesem Augenblick reißt sich A-melie von den beiden Männern los und schubst den Mann durch das Fenster. Beide fallen in die Tiefe. Amelie hält den Mann noch während des Fluges mit ihren Armen fest und sagt zu ihm:

Amelie: „Vielleicht bin ich das Böse?"

Der Mann lacht während des Fluges und erwidert:

Mann mit Gehstock: „Man sieht oft etwas hundertmal, tausendmal, ehe man es zum allerersten Mal wirklich sieht." (Christian Morgenstern)

Das Lachen des Mannes wird lauter und kurz vor dem Aufprall verwandelt sich das Gesicht des Mannes in das einer grusligen alten Frau. In das Gesicht einer Hexe. Als Amelie diese Verwandlung wahrnimmt, lässt sie das Geschöpf erschrocken los, prallt aber im selben Moment auf dem Boden auf.

Alles um sie herum wird dunkel, an einem anderen Ort in einem typischen amerikanischen Landhaus, mitten in einer beschaulichen und friedlichen Kleinstadt …

Kleiner Junge: „Das ist ein großer Drache und der beschützt die Prinzessin. Der Drache kann fliegen und Feuer speien. Jetzt fliegt er auf die böse Hexe zu und speit Feuer: Wusch! Die Hexe schreit und steht in Flammen, und so rettet der mutige Drache die Prinzessin aus den Fängen der Hexe."

Die Mutter lächelt, als sie sieht, wie ihr kleiner Sohn auf dem Holzboden im Wohnzimmer mit seiner Burg und seinen Ritterfiguren spielt.

Mutter: „Komm langsam zum Ende und wasch dir noch die Hände. Es gibt gleich Abendessen."

Mit diesen Worten verlässt die Mutter den Raum und geht in die Küche.

Kleiner Junge: „Ja, Mama, ich spiele nur noch kurz zu Ende." Peng, bum, bam, und der Drache, der die Prinzessin befreit hat, gibt ihr jetzt einen Kuss und verwandelt sich in einen schönen Königssohn. „Schmatz."

„Mama, guck mal, die küssen sich."

In diesem Moment ertönt ein lautes Scheppern aus der Küche, so als ob jede Menge Töpfe zu Boden gefallen sind. Der Junge, der gerade noch freudig auf dem Boden gespielt hat, erschrickt und sieht mit großen Augen zur Küchentür. Wie in Zeitlupe steht er dann auf und geht Richtung Küche. Langsam öffnet er die Tür und sieht in einen verwüsteten Raum. Dort liegen Töpfe samt Inhalt verteilt auf dem Boden. Der Wasserhahn läuft auch noch, genau wie das alte Röhrenradio, das seine Mutter vor einiger Zeit von ihrem Bruder geschenkt bekommen hat.

Aber wo ist die Mutter des Jungen? Ängstlich beginnt der Kleine, nach seiner Mutter zu rufen. „Mama, Mama, wo bist du?" Doch er erhält keine Antwort. Verängstigt rennt er durch das Haus, bis er auf einmal vor der Treppe, die ins Obergeschoss führt, wie gebannt stehen bleibt. Er sieht die Treppe hinauf und hört ein leises Stöhnen, so als ob sich jemand verletzt hat. Ist das seine Mutter? Ist sie vielleicht gestürzt und braucht seine Hilfe? In Windeseile rennt der Junge die Treppe hinauf und folgt diesem nach Hilfe flehenden Geräusch geradewegs in das Schlafzimmer seiner Eltern. Als er die Tür aufreißt, schreit er erschrocken auf. Auf dem Boden liegt eine Frau, die von Kopf bis Fuß von Schlamm überzogen ist und am Kopf eine schwere Verletzung hat. Der Junge schreit, kann aber nicht weglaufen, da er sich vor Schreck nicht bewegen kann. Die am Boden liegende Frau schaut ihn mit immer größer werdenden Augen an und kreischt „Komm her!" Sie robbt mit letzter Kraft zu ihm und greift nach seiner Hand. Der Junge zittert am ganzen Körper, kann sich aber aus dieser Starre nicht befreien. „Komm her!", schreit die Frau auf dem Fußboden immer wieder, bis sie den Jungen am Arm erwischt. In diesem Augenblick erwacht der Junge aus seiner Starre und versucht, sich aus dem Griff der Frau zu befreien. Dies gelingt ihm auch. Er dreht sich um und will aus dem Zimmer fliehen doch in diesem Augenblick fällt der Junge wieder in eine Starre. Denn im Spiegelschrank, der direkt hinter ihm steht, sieht er das Spiegelbild seiner Mutter. Da ertönen leise, aber bestimmende Worte aus dem Schrank: „Gib mir die Hand, mein Schatz." Das Spiegelbild der Mutter beginnt freundlich zu lächeln und ihre Hand greift durch den Spiegel dem kleinen Jungen entgegen. Mit großen Augen und offenem Mund sieht dieser ängstlich und gebannt auf den Spiegel. Als er aber von der Hand des Spiegelbilds berührt wird, zuckt er zusammen und geht erschrocken einen Schritt zurück. Dabei knickt er mit dem Fuß um und stolpert. Er fällt direkt auf die Bettkante. Die Frau, die noch immer am Boden liegt, zieht ihn im selben Augenblick zu sich und versucht, ihn mit ihrem Körper vor dem Spiegelbild zu schützen. Der Junge, der immer noch unter Schock steht und mit der Situation völlig überfordert ist, beginnt zu schreien und um sich zu schlagen. Blitzartig wird es still im Raum. Die Frau, die versucht hat, den Jungen zu schützen, sieht unter sich und bemerkt, dass das Kind verschwunden ist. Sie blickt zum Spiegel und erkennt, wie sie die Mutter mit dem Kind aus diesem anlächelt. „Mama, wo gehen wir hin?", vernimmt sie noch leise. „Wir gehen an einen besonderen Ort, mein Schatz." Die Mutter dreht sich um und verschwindet langsam mit ihrem Kind auf dem Arm. Kurz bevor sie jedoch ganz verschwindet, dreht sie sich noch einmal um und ihr Gesicht verwandelt sich in das Antlitz einer garstigen alten Hexe. In diesem Augenblick wird es im Raum schlagartig finster. Die Frau auf dem Boden sieht sich in dieser Dunkelheit im Raum um, bis sie auf einmal einen kleinen Lichtkegel erkennt. Langsam und mit letzter Kraft schleppt sie sich zum Licht. Mit ihrer rechten Hand versucht sie nun, das Licht zu erreichen, dabei bemerkt sie, dass es sich um eine Tür handelt. Sie versucht, den Türgriff zu ertasten, um die Tür zu öffnen. Im selben Augenblick, als sie den Türknauf dreht, wird sie von der Morgensonne geblendet und der dunkle Raum hinter ihr leuchtet ebenfalls durch diese hellen Strahlen. Verwirrt schaut sie sich wieder um. Alles ist in Ordnung und sie selbst liegt ohne Verletzungen auf dem Boden ihres Hauses. Sie steht auf, schaut sich noch einmal um und geht die Treppe des Hauses langsam hinab, hinunter in die Küche. Dort wird sie bereits von einem freundlichen Mann erwartet. „Hallo, mein Schatz. Möchtest du einen Kaffee?", fragt der Mann. Die Frau schaut ihn verwirrt an. „Alles in Ordnung, Amelie?" Die Frau erinnert sich, dass sie Amelie ist, aber wer ist der Mann in ihrer Küche? Fragend sieht sie ihn mit großen Augen an. „Hast du wieder schlecht geträumt? Ich bin es, André, dein Mann." Amelie ist immer noch verwirrt, lässt sich aber von diesem André auf die Stirn küssen und trinkt den für sie zubereiteten Kaffee. Irgendwie kommt ihr diese Situation aber merkwürdig vor. „Schatz, zieh dich an, du wirst gleich von deiner Kollegin abgeholt", hört Amelie noch aus dem Nebenraum, als es schon an der Tür klingelt. „Ich geh an die Tür!", ruft André. In diesem Moment wird Amelie klar, dass sie das alles schon mehrere Male erlebt hat, und es ist kein Déjà-vu. Wenige Sekunden später steht André zusammen mit einer jungen Frau in der Küchentür. Amelie erkennt die Frau sofort und lächelt.

Amelie: „Eines Tages wird man offiziell zugeben müssen, dass das, was wir Wirklichkeit getauft haben, eine noch größere Illusion ist als die Welt des Traums." (Salvador Dalí) André und die Frau schauen sich an, und als ihre Augen zurück auf Amelie fallen, fallen diese Augen im wahrsten Sinne des Wortes auf Amelie und die beiden verwandeln sich in blutrünstige Gestalten. Als Amelie diese Verwandlung wahrnimmt, flieht sie aus dem Haus. Aus dem Augenwinkel erblickt sie dabei wieder die alte Frau. Sie rennt auf sie zu und schreit um Hilfe. Als sie aber an der Straße ankommt, ist diese Frau wieder verschwunden. „Was mach ich nur?", sagt Amelie zu sich selbst und überlegt verzweifelt. Da berührt die Hand des verwandelten André sie an der Schulter. Sie erschrickt und schubst dieses Monster auf den Gehweg, direkt in die Pfütze. Diese Pfütze zieht das Monster sofort in die Tiefe. Amelie bleibt aber keine Zeit zu überlegen, denn da taucht auch schon die junge Frau auf. Es kommt zu einem Kampf zwischen diesem Monster und Amelie. Mit letzter Kraft schafft es aber Amelie letztendlich, auch dieses Monster in die Pfütze zu schubsen. Dort verschwindet auch dieses Monster. Amelie bleibt verletzt und verwirrt vor der Pfütze stehen. „Das muss ein Tor sein, ein Tor in eine andere Realität, vielleicht in meine eigene, richtige Realität?" Sie nimmt all ihren Mut zusammen und springt auch in die Pfütze. Doch es passiert nichts, sie bleibt nass und erschöpft im Hier und Jetzt. Verzweifelt beginnt sie zu weinen, bis ihr auf einmal eine Idee kommt. „Die alte Frau, was hat sie hier gemacht?" Amelie schaut sich nach links und rechts um, bis ihr Blick auf ihren eigenen Postkasten fällt. „Das wäre zu einfach", denkt sie. Sie rennt dennoch zum Postkasten, reißt diesen von der Wand und öffnet ihn mit Gewalt. Sie durchwühlt aufgeregt die Post. Werbung, Rechnungen und ein Brief. Amelie beginnt wieder zu weinen, denn sie erkennt die Schrift auf dem Umschlag. Es ist die Schrift ihrer Tochter, eine Tochter, von der alle sagen, es würde diese nicht geben. Dies ist ein Brief von Elisa. Weinend und mit zitternden Händen öffnet Amelie den Brief. Auf dem Brief steht nur ein Wort: „Einladung". Als sie das

Wort liest, schaut sie wieder zur Pfütze, und wie vom Blitz getroffen rennt sie wieder zu dieser und springt mit der Einladung hinein. Es passiert aber wieder nichts. So steht Amelie in der Pfütze und schreit verzweifelt zum Himmel: „Ich habe doch eine Einladung!" In diesem Moment versinkt sie auch schon langsam in der Pfütze. „Danke", sagt sie noch leise weinend und um sie herum wird alles dunkel. Als sie wieder erwacht, ist sie in einem alten, dunklen Wald. Keine Menschenseele ist in ihrer Nähe, nur das Geräusch des Windes und das Heulen eines Uhus ist zu vernehmen. Amelie steht auf und beginnt ihre Reise durch diesen mystisch wirkenden Wald. Schier endlos erscheint ihr der Waldweg und beobachtet fühlt sie sich auch. Dennoch weicht sie nicht von ihm, bis sie nach einiger Zeit an eine Gabelung kommt. Dort bleibt sie stehen und überlegt, welchem Weg sie nun folgen sollte. Da erinnert sie sich an ihre Einladung und holt diese aus ihrer Hosentasche heraus. Tatsächlich, dieses Stück „Zauberpapier" zeigt ihr den Weg. So folgt sie jetzt den Anweisungen des Briefes, der scheinbar mit jedem ihrer Schritte mehr Text anzeigt. Auf einmal liest sie: „Sei jetzt ruhig, schrei nicht und sieh vorsichtig über die Hecke an deiner rechten Seite." Amelie folgt diesen Anweisungen und erblickt hinter der Hecke ein tiefes Tal voller lebloser Körper. Es fällt ihr schwer, bei so einem grausamen Anblick nicht zu schreien. Aber was ist das? Aus dem Haufen kriecht jemand heraus, es ist eine Frau. Diese steht mit letzter Kraft auf und in ihrer linken Hand hält sie ein Schwert. Dieses Schwert leuchtet hell und grell, als sie es erhebt. Nach nur wenigen Sekunden erscheinen aber aus dem umliegenden Wald merkwürdige, wolfsähnliche Gestalten. Nur viel größer und schrecklicher als normale Wölfe. Die Frau schreit diese Monster an, aber diese flüchten nicht, sondern greifen die Frau an. Sie kämpft mit aller Kraft gegen diese Überzahl und tötet auch zwei dieser Kreaturen. Doch am Ende verliert sie den Kampf. Amelie schreckt verängstigt zurück, doch auch sie wurde bereits von diesen Monstern entdeckt. So beginnt eine grausame Hetzjagd durch die Wälder. Bis Amelie mit letzter Kraft eine Lichtung erreicht, die voller Menschen scheint. „Hilfe, ich brauche Hilfe!", sind ihre letzten Worte, bevor um sie herum wieder alles dunkel wird. Unsanft wird sie mit kaltem Wasser wieder geweckt und vor ihr stehen mehrere Dutzend Frauen, die sie alle anstarren. Da erscheint eine alte Frau in der Menge, offenbar die Anführerin, denn alle anderen machen dieser Frau den Weg frei, und Amelie hat bei ihrem Anblick ein besonders schreckliches Gefühl von Angst. Wie in Trance meint Amelie auf einmal, eine hypnotisierende Musik zu hören, die alles um sie herum in einem grauen Schleier verschwinden lässt. Dies verängstigt sie noch mehr.

Alte Frau: „Was machst du hier? Wie kommst du hierher?"

Amelie: „Ich suche ... ah ... ich bin ... hm ...“

Alte Frau: „Duuuuuuuuuuuu ...“

Amelie: „Also ...“

Alte Frau: „Du suchst, was du verloren, aber nie besessen hast. Du suchst keine Schätze oder Macht, nein, du suchst ...“ – Pause – „... du suchst eine Tochter, eine Tochter, die du verloren hast, verloren an uns.“ In diesem Moment ertönen zwei Glockenschläge in der Ferne. Anschließend verfärbt sich der Himmel blutrot und ein helles Licht geht neben der alten Frau zu Boden. Aus diesem Licht entsteigt eine gruslige, hexenartige Kreatur. Größer als alle Anwesenden. Sie sieht auf Amelie hinab und scheint durch den Anblick

Amelies leicht irritiert. „Du?", sagt
die Kreatur zu Amelie. „Du lebst?
Du bist hier?" Die alte Frau merkt,
dass diese Kreatur durch den Anblick Amelies verwirrt und unacht-
sam ist. Sie nutzt diesen Moment
aus und sticht auf die Kreatur mit
einem Messer ein. Diese geht zu Boden und aus ihr entweicht ein bläuli-
cher Strahl, der von der alten Frau
durch ihren Mund aufgesaugt wird.

Die Kreatur wird kleiner und schwächer und verwandelt sich in ein Mädchen. Amelie erkennt nun dieses Mädchen, es ist ihre Tochter.

„Mutter, flieh, rette dich und die hilflosen Kinder, die dort gefangen gehalten werden. Rette sie, ich bitte dich!" Amelie dreht sich um und erblickt kleine Holzkäfige mit Kindern. Sie rennt zu diesen und versucht, sie zu öffnen. Doch die alte Frau versucht, sie mit ihrer Zauberkraft aufzuhalten. So erstarrt Amelie für einige Sekunden. Als sie wieder zu Bewusstsein kommt und sich umdreht, sieht sie, wie ihre Tochter mit letzter Kraft einen Schutzzauber über sie und die eingesperrten Kinder legt. Die alte Frau und die anderen Anwesenden finden das aber überhaupt nicht gut und bekämpfen deshalb Elisa mit ihren Zauberstäben. Dabei dringen sie in Form von schwarzem Nebel in Elisas Körper ein. Gerade befreit Amelie die Kinder aus ihrem Gefängnis, dreht sich aber noch einmal zu ihrer Tochter um und hört, wie diese ihr zuruft: „Mutter, ich liebe dich – für immer!" Dann werden sie und die Kinder mit einem Zauberblitz von Elisa weggezaubert, und alles um sie herum wird diesmal nicht schwarz, sondern erstrahlt in wunderbaren Farben. Nach einiger Zeit kommt Amelie wieder zu sich. Sie liegt auf einem Tisch befestigt und vor ihr steht ein Arzt mit Gehstock, ein Mann im Anzug und zwei Krankenschwestern.

Mann mit Gehstock: „Und wie fühlen Sie sich?"

Amelie: „Wo bin ich? Was ist passiert?"

Mann mit Gehstock: „Sie sind in Sicherheit, sie sind zu Hause."

Verwirrt sieht sich Amelie um.

Mann mit Gehstock: „Kennen Sie Ihren Namen?"

Amelie sieht den Mann und antwortet: „Ja, er ist Alwina."

Mann mit Gehstock:„Alwina, aha, ein schöner Name."

Daraufhin dreht er sich um und verlässt mit dem Mann im Anzug den Raum.

Auf dem Flur spricht der Mann mit dem Anzug den Mann mit dem Gehstock an.

„Alwina, eine weitere imaginäre Persönlichkeit?"

Der Mann mit dem Gehstock nickt. „Und ich glaube, das wird nicht die letzte Person sein, die wir kennenlernen."

… und so beginnt ein neues Abenteuer für Amelie, Alwina und …?

Zur selben Zeit im Raum von „Alwina": „Oh nein, der Regen plätschert kontinuierlich gegen das Dachfenster. Ich habe keine Lust, aufzustehen und so einen trostlosen, beschissenen Tag so wie die letzten drei wieder zu erleben. Meine Bude sieht auch völlig verkommen aus, ich glaube, genauso wie ich. Aber eigentlich ist mir das scheißegal. Mensch, bin ich antriebslos und das nur, weil mein bescheuerter Chef mir vor drei Tagen gekündigt hat. Dieses Arschloch, da reißt man sich jahrelang für diesen Laden den Allerwertesten auf und dann wird man vor die Tür gesetzt. Dieser Penner von Chef hat doch überhaupt keine Ahnung, was Arbeit ist. Wär der nicht im richtigen Bett geboren, Scheiße, aus dem wär doch überhaupt nichts geworden. Mann, bin ich sauer, ich glaub, ich brauch erst einmal wieder einen Wachmacher." Der Mann dreht sich um und geht antriebslos in seine viel zu kleine Küche, dort öffnet er den Kühlschrank und murmelt weiter vor sich hin. „Na so ein Ding, ich glaub, du hast auch schon bessere

Tag erlebt. In dir steckt ja überhaupt nichts mehr, du bist wohl der leerste Kühlschrank in dieser bescheidenen Stadt. Och Mann, jetzt muss ich mich doch anziehen und wieder in diese dämliche Welt da draußen. Weißt du was, Kühlschrank, du kannst einem den Tag schon versauen." Motivationslos schließt er die Kühlschranktür und watschelt in sein Badezimmer. Dort sieht er sich im Spiegel und schüttelt, fast in Zeitlupe, seinen Kopf. „Mensch, sehe ich scheiße aus! Da muss ich mich ja von Grund auf wieder renovieren, bevor ich in die Öffentlichkeit darf." Er atmet tief ein und wieder aus, dann öffnet er seinen Spiegelschrank, nimmt seine Zahnbürste und seinen Rasierapparat heraus und beginnt mit der eigenen Restaurierung. Dabei ertönt im

Hintergrund aus einer Nachbarwohnung ein altes Lied. „Super, das auch noch, ein Song, den heute kein Mensch mehr hört. Ich glaub, der Tag wird noch beschissener als seine Vorgänger." Er zieht sich jetzt die stinkende Kleidung aus, in der er schon seit drei Tagen und drei Nächten lebt, und schmeißt diese achtlos in die Ecke. Dann steigt er nackt unter die Dusche und lässt das eiskalte Wasser über seinen Körper fließen. Das negative Erscheinungsbild, was wohl jeder von diesem Mann bisher hat, würde sich sofort bei jeder Hetero-Frau und bei jedem homoorientierten Mann in Wohlgefallen verflüchtigen. Dieser Körper, der sich dort unter der Dusche reinigt, ist wie eine von Götterhand geschaffene Skulptur. Keine erkennbaren Mängel, kein Gramm Fett, nur eine anschauliche Menge von stählernen Muskeln. Nicht zu viel und auch nicht zu wenig. Die Haut ist straff und die Wasserperlen der kalten Dusche tanzen über diesen Körper voller Freude. Über die männliche Brust, hinab über den durch Bauchmuskeltraining geformten Sixpack, weiter über den wunderschön geformten Bauchnabel. Dort endet die Reise wie aus heiterem Himmel, denn die zierlichen Wassertropfen werden von einer starken männlichen Hand gebremst. Diese Hand streichelt zart ihren eigenen Körper, in einem Bereich, der angenehm beruhigend auf diesen duschenden Mann wirkt. Durch diese eigene, zarte Berührung erfährt er eine besonders tiefe Entspannung, die er jedoch nicht bis zum Gipfel ausreizt. „Buh, das tut richtig gut, aber ich sollte es nicht übertreiben. Wär doch blöd, wenn ich mein Lager schon leere, bevor die Schicht überhaupt begonnen hat. Wer weiß, was sich heute noch so ergibt. Kann doch nicht jeder Tag scheiße sein. Außerdem ist es doch viel geiler, zu zweit so richtig zu entspannen. Er verlässt die Dusche und trocknet seinen Körper. Das Handtuch bindet er sich lässig über seinen Beckenbereich. Er sieht noch mal in den Spiegel, lächelt sich dabei selber an und sagt zu seinem Spiegelbild frech: „Weißt du was? Zu zweit entspannen ist echt geil, aber so, wie du aussiehst, kannst du dich sicherlich auch zu dritt super entspannen. Also leg los, Alter." So verlässt er motiviert seine eigenen vier

Wände, mit dem Ziel, seinen Kühlschrank wieder durch neue Nah-
rungsmittel und Getränke zu beglücken. Sorry, natürlich zu füllen. Aber
auch ein anderer Gedanke begleitet
ihn. Vielleicht findet er ja auch für
sich selber etwas zum Beglücken,
was er mit nach Hause nehmen
kann. „Hallo Welt, ich komme, muss
nur noch diese endlos vielen Trep-
penstufen überwinden. Na ja, warum muss man auch als Single immer in der obersten Wohnung leben." So geht er die 84 Stufen bis
zum Haupteingang des Hauses mür-
risch hinunter. Er öffnet die Haustür,
schaut in den Himmel und nuschelt.
„Ach ja, das Wetter ist …" In diesem
Augenblick fährt ein kleiner Bus,
beziehungsweise ein kleiner Transporter direkt vor die Haustür und

natürlich auch durch eine sich dort gebildete große Pfütze. Dieses erfrischende Pfützenwasser spritzt direkt auf die offene Haustür und trifft, wie sollte es auch anders sein, den dort verharrenden Mann frontal. Dieser schreit sofort sauer: „Scheiße, das muss doch nicht sein, ich habe gerade erst geduscht. Haben Sie keine Augen im Kopf?" In diesem Augenblick steigt aus dem Transporter eine Frau. „Entschuldigung, ich wollte Sie nicht bespritzen." Der pudelnasse Mann schaut die Frau erbost an und sagt zu ihr: „Das will ich wohl meinen, wenn jemand spritzt, dann ich." Die Situation verstummt und beide schauen sich an. Ihre Blicke treffen sich und genau in diesem Augenblick beginnen sie gemeinsam zu lachen. „Sorry noch mal, ich wollte das wirklich nicht. Ich bin übrigens Alwina." Der Mann lächelt sie an und sagt: „Das freut mich, ich heiße Anthony und ich wohne hier direkt unter dem Dach." Alwina lächelt Anthony an und streichelt sich dabei unbewusst durch ihre langen blonden Haare, die durch den Regen einfach nur nass an ihr herunterhängen. Anthony schaut ihr dabei noch immer in die Augen. Kurz sieht er ihr auch auf den erotischen Mund, der ihn augenblicklich elektrisiert. Doch die Reise seiner Augen ist hier noch nicht zu Ende. In einem Bruchteil von einer Sekunde entgleitet ihm die Kontrolle über seine Augen. Diese wagen einen Blick von ihren Lippen zu ihren Nippeln. Diese scheinen hart und erregt zu sein. Aber vielleicht liegt das ja auch nur an dem immer nasser werdenden weißen Shirt, das diese wundervolle Struktur der Brüste hervorhebt. „Ich werde hier einziehen." ...sagt die zarte Stimme von Alwina. Als Anthony diesen Satz vernimmt, spürt er in seinen erogenen Zonen eine intensive Reizung. „Das ist doch eine schöne Nachricht. Ich sehe aber gar keine Helfer, willst du den ganzen Umzug alleine stemmen?" Alwina lächelt herzhaft und berührt Anthony dabei bewusst an seiner rechten Schulter. „Nein, meine Helfer kommen noch, aber das kann durchaus noch ein bis zwei Stunden dauern. Ich bin nämlich viel zu früh losgefahren." Anthony wirft ihr ein verschmitztes Lächeln zu. „Na, so einen kleinen Transporter kann ich auch für dich leeren. In welche Wohnung musst du denn?" Alwina sieht ihrem neuen Helfer tief in die Augen und beißt sich dabei zart auf ihre Unterlippe. „Wohnung Nummer SEX." „Wie bitte?"…erwidert Anthony und sein Blick gleitet dabei wieder ab. Diesmal erforschen seine Augen ihren gesamten Körper, die harten, handgroßen Brüste, ihren flachen Bauch sowie die Intimzone, die selbst in dieser Latzhose vielversprechend aussieht. „Wohnung Nummer sechs, meine ich, im zweiten Stock, aber den Wohnungsschlüssel habe ich noch nicht. Der wird mir noch von meiner Vormieterin vorbeigebracht. Die wollte so in einer Stunde hier sein." Anthony überlegt. „Zweiter Stock, die Wohnung Nummer sechs, ja, ich erinnere mich, das war so eine arrogante Schnepfe, die da gewohnt hat. Die hat nicht einmal gegrüßt und ich hatte das Gefühl, dass sie mich immer so herablassend angesehen hat. Aber egal, da kann ich ja jetzt froh sein, dass diese Person ausgezogen ist und dafür so ein Engel hier einzieht." Alwina wird etwas verlegen und schlägt sanft auf Anthonys Arm. Dann sagt sie etwas verspielt: „Da werde ich wohl hier im Auto und im Regen auf meinen Schlüssel warten." Anthony schließt kurz seine Augen, atmet tief aus und macht dieser sexy Frau einen netten Vorschlag. „Da ich ja dank deiner Fahrkünste sowieso noch einmal in meine Wohnung muss, um mir etwas Trockenes anzuziehen, kannst du gerne dort warten. Aber nur, wenn du möchtest. Ich mach uns auch eine schöne Tasse heißen Kaffee, wenn du möchtest." Alwina neigt ihren Kopf zur Seite und erwidert kess: „Was machst du noch, wenn ich möchte?" Bei diesem heißen, zweideutigen Satz strömt das Dopamin wie ein wilder Fluss, der nicht zu stoppen ist, durch Anthonys Körper. So dreht er sich leicht irritiert um, ist aber dennoch von Alwinas Worten betört. Sein Kopfkino ist somit schon voll aktiviert. So gehen sie zusammen in seine Wohnung. „Schön hast du es hier." ...sagt sie, als sie die Wohnung betritt. Anthony weiß sofort, dass dies nicht der Wahrheit entspricht. Es sieht hier ja aus wie auf einer Müllkippe. „Sorry, bin noch nicht zum Aufräumen gekommen, aber ich schaff dir etwas Platz auf dem Sofa." „Danke." ...erwidert sie freundlich. „Hast du etwas dagegen, wenn ich meine Vormieterin anrufe und ihr sage, wo sie mich findet?" Anthony schüttelt mit dem Kopf. „Das Telefon steht da hinten irgendwo. Ich mach uns schnell einen Kaffee, bevor ich mich umziehe." So verschwindet er in seine kleine Küche und Alwina informiert ihre Vormieterin darüber, dass sie sich jetzt in der Wohnung von Anthony befindet und dort auf sie wartet. „So, der Kaffee ist bald fertig. Ich werde mir in der Zwischenzeit im Badezimmer etwas Trockenes anziehen. Bei dir alles okay?" Alwina sitzt auf dem Sofa und schaut zu Anthony empor. Sie lächelt wieder, aber etwas anders als sonst. Jetzt legt sie den Telefonhörer zur Seite und steht auf. Anthonys Hände beginnen zu schwitzen und sein Adrenalinspiegel scheint unaufhörlich zu steigen. Sie geht direkt auf ihn zu, berührt ihn aber nicht und flüstert leise und sanft in sein Ohr: „Ich hab noch eine ganze Stunde, bevor ich meinen Schlüssel bekomme, und ich bin genauso durchweicht wie du. Ich werde jetzt in dein Badezimmer gehen, meine Sachen ausziehen und erst einmal richtig schön duschen. Ist das okay?" Anthony ist völlig sprachlos, er will sich doch gerade umziehen, und jetzt! Völlig Irritiert erwidert er spontan: „Kein Problem, wenn du möchtest, kann ich dir ja den Rücken schrubben." Sie dreht sich um und streichelt sich mit ihren beiden Händen über ihre Haare, dann kontert sie mit folgenden Sätzen: „Du kannst gerne mitkommen, aber ich möchte nicht, dass du mir den Rücken

schrubbst. Ich hab da eine viel bessere Idee, was du mir schrubben
kannst." Mit diesen Worten verschwindet Alwina im Badezimmer
und Anthony folgt ihr langsam und
erregt dorthin. Als er im Badzimmer
ankommt, steht Alwina bereits unter
der Dusche und Anthony kann ihren
wundervollen Rücken bewundern
und die langen Haare, die erotisch
an demselben kleben. Er muss schlucken und sein gieriger Blick wandert
weiter über den prallen, straffen,
birnenförmigen Hintern dieser heißen, erotischen, geilen Nixe. Dieses
bezaubernde Geschöpft schaut über
die Schulter gierig und lustvoll auf
Anthony. Dann beugt sie sich etwas
nach vorne, sodass ihr pralles Hin-
terteil sich in der Mitte etwas weitet.
So öffnet sie den Wasserhahn der

Brause. Das Wasser gleitet wie in Zeitlupe über ihren Körper. Sie dreht sich noch einmal herum und winkt Anthony zu sich. Dieser ist immer noch vom Anblick des weiblichen Körpers erstarrt. „Anfassen kostet nichts, oder willst du mir nur zusehen, wie ich es mir selber mache?" Ihre feuchten Hände wandern über ihre Brüste und massieren diese zart, sie lächelt und steigt nass aus der Dusche. Wieder nähert sie sich Anthony und auch dieses Mal bleibt sie direkt vor ihm stehen. Sie berührt ihn nicht, haucht ihm aber zart ins Gesicht. Sie lächelt und befeuchtet ihre Lippen leicht mit ihrer spitzen Zunge. Anthony kann sich immer noch nicht bewegen. Dieser Moment kommt ihm so unwirklich vor. Er atmet tief ein und in dem Moment, in dem er wieder ausatmet, sinkt Alwina vor ihm auf die Knie. Nun berührt sie mit ihrem Mund Anthonys Hose im Intimbereich. Dieses zarte Beißen erregt ihn in kürzester Zeit so sehr, dass die erotisierende Schwellung seines Gliedes nicht mehr zu übersehen ist. Alwina unterbricht ihre Beißorgie und stellt sich wieder direkt vor Anthony auf. „Es wird Zeit, dass du auch einmal auf die Knie gehst." „Du hast aber keine Hose an, so wie ich."…albert Anthony etwas herum, dennoch kann er seinen Trieb und Wunsch, diesen Körper endlich zu berühren, nicht mehr unterdrücken. So geht er vor Alwina in die Knie. Diese genießt diesen Anblick, stoppt aber Anthonys Vorhaben, indem sie seinen Kopf wegdrückt. Er schaut sie fragend an und sie antwortet nur mit einem Lächeln. Dann geht sie zu einem nahestehenden Hocker und setzt sich auf diesen. Sie spreizt ihre Schenkel und Anthony erblickt die volle Schönheit ihrer rasierten und feuchten Vagina. Er kriecht hinüber und mit zitternden Händen berührt er diese zart. Jetzt öffnet er die Schenkel ein wenig mehr und erfreut Alwina mit einem intensiven Zungenspiel in und mit ihr. „Ich will jetzt kommen, mach's mir, egal wie!"…schreit Alwina voller Ekstase in den Raum und rutscht zu Anthony auf den Boden. Mit ihren Händen zerrt sie ihn derb an den Haaren und reißt seinen Kopf, der sich noch zwischen ihren Schenkeln befindet, in die Höhe, um diesen anschließend leidenschaftlich zu küssen. Während sie das tut, hat sie aber bereits seine Hose geschickt geöffnet, sodass sie während der wilden Küsseinlagen den Beweis seiner Erregung nach kurzer Zeit in ihren Händen hält. Dies macht sie nur noch wilder und so reibt sie mit ihrem Daumen über seine Eichel. Jede ihrer Bewegungen und Berührungen bringt sein Glied zum Zucken und so genießt sie diesen Augenblick genau wie er. Dabei schauen sich beide tief in die Augen. Anthony revanchiert sich natürlich sofort bei ihr und dringt mit seinen Fingern in ihre feuchte und erregte Scheide ein. Dort reizt er ihren Kitzler immer kräftiger und stärker. Seine Bewegungen werden so immer schneller und unkontrollierter, bis Alwina schließlich laut stöhnend zum Höhepunkt kommt.

„Ahhhhhh. Geil, das war ein richtig guter Begrüßungs-Quickie." Befriedigt sinkt Alwina nun in Anthonys Arme, gibt ihm noch einen kleinen Kuss und beißt ihn zum Abschied noch einmal leicht in den Hals. „Das sollten wir bei Gelegenheit noch mal wiederholen. Du weißt ja, wo ich wohne, und vielleicht können wir es ja dann richtig tun. Danke für den kleinen Quickie."Alwina steht auf und würdigt Anthony mit keinem weiteren Blick. Ihr scheint es egal zu sein, dass er noch nicht zu seinem Höhepunkt gekommen ist. Gerade als Anthony dazu noch etwas sagen will, klingelt es an der Tür. „Bleib liegen, ich bin schon angezogen und mach die Tür gleich auf." Vor der Tür steht die arrogante Vormieterin von Alwina. „Guten Tag, ich hab hier Ihren Haustürschlüssel, wenn Sie bitte noch den Empfang bestätigen können."Alwina unterschreibt. „Ich hab da noch eine Bitte. Könnte ich einmal die Toilette benutzen, ich müsste ganz dringend." Alwina lächelt ihre Vormieterin hinterhältig an und sagt dann zu ihr: „Wenn Sie müssen, dann müssen Sie eben. Natürlich können Sie auf Toilette und dort können Sie auch machen, was Sie möchten." Alwina blinzelt dabei ihre Vormieterin an. Diese versteht aber diese Bemerkung nicht, noch nicht, und so verschwindet die Vormieterin auf dem WC. „Oh Gott, was machen sie denn hier?"…erklingt auf einmal die Stimme von Anthony aus dem Badezimmer. „Sie sind ja völlig nackt." …erwidert die Vormieterin.

„Ich wohne hier und da darf ich völlig nackt sein. Und was machen Sie hier in meinem Badezimmer?" Die beiden schauen sich empört an, bis die Vormieterin sagt: „Ihre Freundin hat mich reingelassen." Anthony schmunzelt. „Das ist nicht meine Freundin und ich entscheide noch immer selber, wer hier reingelassen wird." Darauf kontert die jetzt nicht mehr ganz so arrogant wirkende Frau: „Das halte ich für völlig richtig, jeder sollte selbst entscheiden, wen er hineinlässt." Sie sieht Anthony bei diesem Satz weiter an und fragt ihn dann etwas verschämt: „Darf ich fragen, weshalb Sie nackt sind und weshalb sie diese Frau in Ihre Wohnung gelassen haben, obwohl sie nicht Ihre Freundin ist?" Anthony senkt seinen Kopf zur Seite und antwortet mit nur drei Worten. „Ich war geil." Die Vormieterin lächelt ihn an und sagt: „Sie sind immer noch geil, richtig? Sie sind nicht zum Schuss gekommen." Anthony findet das aber überhaupt nicht lustig, die Vormieterin muss aber herzhaft lachen. Dann geht sie zur Toilette, zieht hemmungslos ihre Hose herunter und uriniert lachend. „Ha ha, armer Kerl, das kann man ja gar nicht mit ansehen." Als sie fertig ist, steht sie auf und zieht ihre Hose wieder hoch. Dann geht sie auf Anthony zu und greift ihm selbstbewusst in seinen Schritt. Anthony ist davon völlig überrascht. Sie lächelt ihn an und sagt: „Wenn du möchtest, kann ich dir helfen. Ich mag es überhaupt nicht, wenn ein Mann so leidet." Ihre Finger gleiten an ihm herunter und umfassen sein hartes Glied. Sie lächelt ihn an und drückt seinen Schwanz jetzt richtig hart, bis die Eichel dunkelrot anschwillt. Leise flüstert sie: „Gib ihn mir zum Lecken." Kaum hat sie diese magischen Worte ausgesprochen, schwebt Anthonys Geschlechtsteil direkt vor ihrem Gesicht. Sofort beginnt sie, ihn mit ihrer Zungenspitze zu verwöhnen. Dieses Verwöhnen wird aber von Sekunde zu Sekunde gieriger und so saugt sie mit ihrem heißen Mund Anthony in kürzester Zeit zum Höhepunkt. „Jaaaaaaaa.. hör nicht auf!"…schreit Anthony noch aus voller Kehle, bevor er seinen Lustsaft in den Mund dieser gierigen Frau spritzt. Glücklich schaut er sie an und bedankt sich bei ihr für diese aktive Unterstützung. Alwina, die noch immer vor der Badezimmertür steht und das Treiben belauscht hat, dreht sich zufrieden um. So kann der Bezug ihres neuen Reiches endlich beginnen. Alle Helfer stecken voller Tatendrang, so ist die Wohnung im Handumdrehen komplett eingerichtet und bezugsfertig. „Perfekt, die Wohnung ist einfach nur perfekt", sagt Alwina, als sie sich ihre eingerichtete Wohnung voller Freude ansieht. „Darauf müssen wir unbedingt anstoßen!" Alwina serviert jetzt ihren Helfern kaltgestellten Sekt aus einer von ihr versteckten Kühlbox. So verbreitet sich schon nach kurzer Zeit unter den Anwesenden eine sehr entspannte und lockere Stimmung. „Eigentlich müssten wir die Wohnung erst einmal einweihen", ertönt eine Stimme aus dem Wirrwarr der Anwesenden. Alwina dreht sich um, lacht und schüttelt den Kopf. „Wieso habe ich mir so etwas schon gedacht?" Augenblicklich wird es ruhig im Raum und alle Augen richten sich auf Alwina und den kleinen, männlichen Frechdachs, der diese Idee in den Raum geworfen hat. Alwina geht auf ihn zu und stellt sich breitbeinig vor ihn.

Alwina: „Was stellst du dir denn vor?

Hast du da vielleicht eine Idee?"

Der Mann lächelt sie selbstverliebt an und sagt zu ihr: „Schätzchen, ich hab so viele Ideen, wie wir deine Wohnung so richtig einweihen können, und du bist doch ein großes Mädchen. Du musst bloß den ersten

Schritt machen und du wirst eine Party erleben, wie du sie noch nie erlebt hast." Alwina wackelt mit ihrem Kopf. „Wir sind ja hier unter uns und ich bin echt froh, dass ihr mir alle so sehr geholfen habt. Aber schaut euch einmal um, ihr seid fünf Kerle und ich bin eine Frau. Glaubt ihr im Ernst, dass ich zum Dank mit euch eine Orgie veranstalte? Klar führe ich ein echt lockeres Sexleben und mit den meisten von euch hab ich auch schon gevögelt, aber auf so einen Gang-Bang-Abend hab' ich echt keinen Bock. Seid nicht sauer, aber ich glaub', wir sollten die Party jetzt beenden." So bittet Alwina freundlich ihre Helfer, die Wohnung zu verlassen. Als sie die Tür hinter ihrem letzten Gast schließt, murmelt sie noch vor sich hin. „Ihr seid echt widerlich." Sie geht jetzt in ihr neues Wohnzimmer und setzt sich dort auf ihr Sofa. „Ich glaub es ja nicht! Wollten die doch echt hier in meiner Wohnung eine Gruppen-Vögel-Party veranstalten, Perverslinge." Alwina liegt jetzt auf ihrem Sofa und führt ihre eigene Hand über ihren bekleideten Körper hinab in ihre Lustzone. „Scheiße, was ist denn heut' mit mir los? Erst sag' ich zu einer Orgie Nein und dann hab' ich nicht mal selbst auf mich Lust. Das muss am Umzugsstress liegen, Scheiße, Mann." So vergehen mehrere Tage, die Alwina zurückgezogen in ihrer Wohnung verbringt. In dieser Zeit verändert sich die positive Stimmung von Alwina entscheidend. Die sonst so kontaktfreudige, lockere, lustvolle und agile Frau ist auf einmal verschlossen und zurückhaltend. Sie möchte nicht mehr unter Menschen sein, viel lieber ist sie jetzt alleine in ihrer Wohnung und auf Sex hat sie auch keine Lust mehr. Im Gegenteil, der Gedanke daran ekelt sie geradezu an. Widerwillig verlässt sie nur noch ihre Wohnung, um das Nötigste zum Überleben zu besorgen. Jeden Mann, der ihr bei so einem Zwangsausflug über den Weg läuft, straft sie mit verachtenden, arroganten Blicken. So ist Alwina in nur wenigen Tagen zu einer überzeugten Männerhasserin geworden. Die nur noch alleine in ihrer Wohnung glücklich sein kann. Auf einmal hört sie ein Klopfen an ihrer Tür. „Hallo, jemand zuhause?" Alwina spitzt ihre Ohren, diese Stimme kennt sie nicht! Wer könnte das also sein? Immerhin ist es eine weibliche Stimme, die hinter der Tür ertönt und nicht eine männliche von so einem sexgeilen Typen. So watschelt sie antriebslos Richtung Haustür, blickt durch den Türspion und sieht dort eine junge Frau stehen. Lustlos öffnet sie die Tür. Die Frau lächelt sie an und drückt ihr ein warmes Brot sowie etwas Salz in die Arme. Alwina ist etwas überrascht, bittet aber diesen unbekannten Gast trotzdem in ihre Wohnung. „Hei, ich bin Pia-Alina und wohne direkt über dir. Alle nennen mich aber nur Pia und ahmmmm …, sorry, dass ich erst jetzt vorbeikomme, ich wollt' dich einfach nur willkommen heißen und das habe ich leider erst jetzt geschafft."„Langsam, langsam, ist ja gut, nimm' erst einmal Platz",erwidert Alwina noch etwas

müde. „Buhh, darf ich dir etwas anbieten? Ich glaub', ich hab' da noch
eine Flasche Wasser oder wie wäre
es mit einem Kaffee? „Gerne", zwit-
schert Pia vergnügt Alwina zu. So
verschwindet Alwina kurz in ihrer
Küche und kommt mit einer Flasche
Sekt wieder. „Geht auch Sekt? Hab'
davon noch drei oder vier Flaschen
von der Einweihung stehen." Pia
lächelt und antwortet vergnügt:

„Sekt geht auch, aber ich glaube
nicht, dass wir die Flaschen heute
leerbekommen." Alwina lässt sich
auf ihr Sofa fallen und spricht zu Pia:
„Das ist ja auch keine Vorausset-
zung." Pia erwidert: „Na dann, zum
Wohl. Du hast es dir ja richtig gemütlich gemacht. Ich hoffe, du
bleibst länger als deine Vormieterin."

Alwina: „Die hat doch über ein Jahr hier gelebt und für Singles ist ein Jahr doch schon viel, oder?"

Pia: „Ja, aber von diesem einen Jahr war sie nur zwei Wochen hier."

Alwina schaut Pia fragend an, bemerkt dabei eine gewisse Traurigkeit in Pias Aussage.

Alwina: „Alles okay?"

Pia: „Ja, es ist alles in Ordnung."

Alwina: „Ich kenn' dich zwar noch nicht so gut, deshalb entschuldige bitte die indiskrete Frage, aber standet ihr euch ‚etwas' näher?"

Pias Blick gleitet verlegen über den Fußboden, bevor sie Alwinas Vorahnung mit einem leichten Kopfnicken bestätigt.

Alwina: „… und weshalb hat sie dann nach nur zwei Wochen die Wohnung verlassen?

Pia: „Am Anfang war alles wundervoll, dann ist sie aber hierher gezogen, um in meiner Nähe zu sein. Von da an hat sie sich von Tag zu Tag etwas mehr verändert. Erst hat sie sich abgewandt von ihren Freunden und dann erblühte in ihr ein unerträglicher Männerhass. Klar, sie ist lesbisch, sie war meine Freundin, aber vorher empfand sie keinen Hass oder Groll gegenüber Männern. Eines Tages hat sie mich dann angerufen und gesagt, dass ich dringend vorbeikommen müsse. Das bin ich dann auch und … egal, danach ist sie einfach gegangen. Mit so einem scheiß selbstverliebten Lächeln, und seitdem habe ich sie nicht wieder gesehen.

Alwina: „Keine Sorge, der geht's gut und Hass auf Männer scheint sie auch nicht mehr zu empfinden."

Pia schaut Alwina fragend an.

Alwina: „Sie hat mir doch den Wohnungsschlüssel gebracht, damit ich in diese Wohnung komme."

Pia: „Sie war hier? In dieser Wohnung?"

Alwina: „Nein, hier nicht, ich habe oben bei Anthony in der Wohnung gewartet und sie hat mir den Schlüssel dorthin gebracht.

Pia schaut Alwina mit offenem Mund an und haucht nur leise. „... und"

Alwina: „Und, naja, sie ist noch etwas länger bei Anthony geblieben.“

Pia: „Welcher Anthony? In diesem Haus lebt niemand mit Namen Anthony und dass meine Freundin bei irgendeinem Kerl länger bleibt, ist 100% ausgeschlossen.“

Alwina: „Aber ich war doch in der Dachgeschoss-wohnung.“

Pia: „Da oben gibt es keine Dachgeschosswohnung, nur einen Dachboden für Wäsche. Ich glaub', ich sollte gehen.“

Pia steht auf und geht Richtung Wohnungstür. Als sie diese öffnen will, drückt Alwinas Hand diese wieder zu. Alwina steht direkt vor Pia und sieht ihr verstört und verwirrt tief in die Augen. Pia spürt die unkontrollierte Aufregung in Alwinas Atmung und selbst die Töne ihres Herzschlages werden von Sekunde zu Sekunde lauter, sodass Pia sich von der Tür abwendet und langsam wieder zurück ins Wohnzimmer geht. Dort setzt sie sich wieder und stellt Alwina leise und sanft einige Fragen.

Pia: „Es ist bei dir genauso wie bei ihr–- oder?"

Alwina läuft noch etwas orientierungslos durch ihre Wohnung.

Pia: „Das, was ich dir erzählt habe, das erlebst du gerade auch – oder?

Beide schauen sich ratlos an.

Pia: „Du sagst, du hast einen Schlüssel von ihr bekommen, darf ich den mal sehen?

Alwina verschwindet kurz und kommt mit einem alten Schlüssel wieder.

Pia: „Mit diesem Schlüssel hast du aber nicht diese Wohnung geöffnet!"

Alwina schaut sich den Schlüssel genauer an und dabei verändert sich die Struktur, sodass sie jetzt erkennt, dass dieser Schlüssel sehr, sehr alt ist und mit Sicherheit nicht in das Zylinderschloss ihrer Haustür passt.

Alwina: „Was geschieht hier mit mir? Bekomme ich Wahnvorstellungen? Werde ich etwa verrückt?

Sie beginnt hilflos und verängstigt an zu weinen. Pia steht auf und nimmt sie tröstend in ihre Arme.

Pia: „Ich weiß nicht, ob du verrückt wirst, vielleicht etwas merkwürdig, so wie meine Freundin."

Alwina sieht Pia auf einmal mit großen Augen an.

Alwina: „Du hast gesagt, dass sie dich zum Schluss glücklich angesehen hat. War es vielleicht so, als ob sie jetzt wüsste, was sie tun muss, damit sie sich besserfühlt? Wo ist sie hingefahren?

Pia: „Das weiß ich doch nicht:"

Alwina: „Was habt ihr gemacht, bevor ihr bewusst wurde, was sie tun muss?"

Pia antwortet nicht auf diese Frage. Da beginnt Alwina, sie lautstark anzuschreien.

Alwina: „Scheiße, Mann, was habt ihr gemacht? Warum willst du nicht darüber reden? Habt ihr einen Voodoo-Zauber durchgeführt oder eine Hexenbeschwörung, mein Gott, sag' doch was. … Was habt ihr gemacht?"

Pia: „Wir haben gevögelt."

Alwina: „Was habt ihr?"

Pia: „Wir hatten Sex."

Alwina: „Das war alles? Einfach nur Sex?"

Pia: „Das war nicht so einfach, wie du glaubst, sie hatte eigentlich überhaupt keine Lust auf Sex, schon wochenlang nicht mehr. Aber sie hat darauf bestanden und ich sollte erst wieder aufhören, wenn sie zum Höhepunkt gekommen ist."

Alwina: „Warum?"

Pia: „Sie glaubte, dass dieser Ort hier verflucht sei und dass niemand, der hier lebt, jemals wieder körperliche Freuden erfahren würde. Es sei denn, man würde diesen Fluch brechen und genau hier eine körperliche Erfüllung, einen Höhepunkt, erleben. Dadurch würde sich der Geist öffnen und man würde belohnt. Das ist nicht von mir, das ist von meiner Freundin und die ist echt merkwürdig geworden.

Alwina: „Aber scheinbar hat es ge-
wirkt, sie war anschließend glücklich
und kannte ihre Bestimmung."

Alwina sah nun Pia, mit einen
merkwürdigen Blick an.

Pia: „Nein, das vergiss mal ganz
schnell.

Alwina: „Warum, du hattest doch
auch deinen Spaß dabei."

Pia: „Langsam, ich kenne dich doch
überhaupt nicht."

Alwina: „Ist doch egal, du sollst
mich ja nicht heiraten, nur …

Pia schüttelt entschieden den Kopf.

Pia: „Nein."

Alwina: „Was soll denn passieren?
Im schlimmsten Fall werde ich mei-

ne Sachen packen und auch verschwinden. Das aber glücklich."

Pia atmet tief durch und sagt lächelnd:

„Okay, ich hoffe, ich bekomme dich zum Höhepunkt."

Alwina: „Wo habt ihr es getan?"

Pia: „Dort, im Wohnzimmer, und ich habe sie gefesselt, damit sie den Akt nicht unterbrechen kann und vor dem Orgasmus abbricht. Hast du dir das genau überlegt? Mir wird es sicherlich mehr Spaß machen als dir. Alwina lächelt, holt ein Seil aus ihrer Vorratskammer und geht Richtung Wohnzimmer.

Alwina: „Dann lass uns loslegen und hör ja nicht auf, bevor ich nicht richtig gekommen bin."

Jetzt entkleidet sich Alwina direkt vor Pia und legt sich mit ihrem nackten Körper auf den weichen, weißen Teppich vor ihrem Sofa. Pia beginnt, Alwina an den Händen und den Füßen zu fesseln. Dann geht sie zur Stereoanlage hinüber und legt eine Entspannungs-CD ein.

Pia: „Wenn du willst?"

Alwina: „Ja, ich will es."

Pia: „Weißt du eigentlich, was Pia bedeutet? Pia ist die weibliche Form von Pius und bedeutet soviel wie die Fromme und die Gottesfürchtige. Ich glaube, dieser Bedeutung werde ich in diesem Augenblick nicht gerecht. Aber Pius steht auch für Pflichttreue und diese „Pflicht", dich zum Höhepunkt zu bringen, werde ich gerne erfüllen."

Pia zieht sich jetzt ebenfalls aus, sodass Alwina den wohlgeformten Körper von Pia in voller Pracht bewundern kann. Anschließend kniet auch Pia sich hin und krabbelt auf allen Vieren wie eine wilde Raubkatze langsam und besinnlich zu Alwina hinüber. Dort angekommen, berührt sie zart die leicht zitternden Beine von Alwina. Diese drückte sie langsam auseinander und schiebt ihren heißen, ebenfalls zitternden Oberkörper dazwischen, sodass Pias Brüste auf Alwinas Schenkeln zum Liegen kommen. Pia streichelt zart über den zitternden Körper und fühlt, wie in Alwina langsam aber stetig die Lust auf „mehr" ansteigt. So beginnt Pia jetzt, mit ihrer weichen, langen, feuchten und spitzen Zunge über den Körper zugleiten. Unter Alwinas Bauchnabel fegt sie leicht, aber zielsicher mit ihrer pulsierenden „Zauberzunge" stetig Richtung Liebesdreieck. Dort angekommen, öffnet sie vorsichtig die äußeren und inneren Schamlippen und dringt tief in Alwina ein. Hier spürt sie, wie intensiv die erotische Erregung mit jedem Zungenschlag in Alwina ansteigt. Sie saugt und leckt sie gierig in dieser nassen, nach süßem Nektar schmeckenden Liebesgrotte sodass Alwinas Körper wie ein Vulkan eigentlich nur darauf wartet ausbrechen. Dennoch kommt es nicht zur Explosion und so dringt Pia zusätzlich mit einem Finger in diese feuchte Grotte ein, um Alwinas G-Punkt noch mehr zu stimulieren. Alwina räkelt sich dabei wollüstig und genießt sichtlich diese Liebkosung.

Alwina:„Bitte fick mich, Pia – bitte!"

Diese Bitte erwidert Pia mit ihrem von Liebesnektar getränkten Mund lächelnd. Sie führt zusätzlich einen weiteren Finger und anschließend die ganze Hand in die feuchte Lustgrotte.

Ihre Hand bewegt sie jetzt langsam, dann immer schneller. Wild und heftig versucht Alwina, Pias Bewegungen mit dem Becken entgegen zu wirken. Doch die Erregung sowie die lustvolle Hitze steigt in beiden Körpern unaufhörlich. Bis es plötzlich ganz heiß und feucht wird und der Vulkan der Wollust in beiden Frauen explodiert. Beide sind zum Höhepunkt gekommen und liegen erschöpft, aber glücklich sowie sexuell befriedigt auf dem Teppich. Mit diesem zuckenden, stoßenden Gefühl des Höhepunktes liegen beide aufeinander, ihre Beine und ihre Liebesgrotten sind triefend nass und Pia küsst Alwina noch einmal zum Abschluss auf ihren Venushügel, bevor sie das Seil wieder löst.

Pia: „Haben wir das Ziel erreicht?"

Alwina: „Voll und ganz, als ich kurz vor dem Höhepunkt war, habe ich um mich herum auf einmal viele Männer gesehen, die alle gierig auf meinen Körper waren. Das gefiel mir, ja, ich finde es schön, ein Lustobjekt zu sein und möchte diese Lust ausleben. Als mir das bewusst wurde, zeichnete sich auf dieser alten Tapete eine Landkarte ab. Eine Karte, die mir den Weg weisen soll, den Weg zu meiner sexuellen Revolution oder Bestimmung oder ich weiß gar nicht richtig, was. Aber dort hin muss ich. Das ist mein Ziel und dieser alte Schlüssel ist meine Eintrittskarte. Und so packt Alwina geschwind einige Sachen und verschwindet aus der Wohnung. Sie hat jetzt nur noch ein Ziel: Diesen „besonderen" Ort zu finden. Ihr altes Auto knattert vor sich hin und scheint auch von Alwinas zielbewusster Art etwas überrascht. Nur sie kennt den Weg und das Ziel dieser Fahrt. So verlässt sie schon nach kurzer Zeit die Stadt und beginnt ihre Reise über endlose Landstraßen. Diese werden ruhiger und leerer, bis sie auf einmal alleine auf der Straße ist. Es wird Nacht und der Mond wie auch die Sterne leuchten jetzt besonders hell. So denkt Alwina nicht einmal daran, vielleicht eine Pause einzulegen und rast die ganze Nacht durch, bis sie am folgenden Morgen eine Zwangspause an einer alten Tankstelle einlegen muss. Ihr Auto ist nämlich völlig leer gefahren, sodass sie tanken muss. So fährt sie an eine der zwei Zapfsäulen, steigt aus und wartet auf den Tankwart. Dieser kommt gemütlich in seinem mit Öl beschmierten Arbeitskittel, aus seinem Tankhäuschen. Dabei kaut er genüsslich seinen Kautabak und in der rechten Hand hält er noch eine alte, offene Dose Öl. Nein, es ist gar keine Öl-Dose, sondern eine Bierdose. Doch auch diese Tatsache kann das Erscheinungsbild dieses alten Tankwarts nicht mehr aufwerten. „Na, Mädchen! Brauchst Benzin?", fragt er Alwina mit einem gewissen Unterton. „Ja, einmal bitte volltanken", erwidert sie. Der Tankwart geht zur Zapfsäule und beginnt, den Wagen zu betanken. Dabei starrt er Alwina die ganze Zeit an. Je mehr Benzin er in den Wagen füllt, desto merkwürdiger wird sein Lächeln, fast schon hinterhältig.

Tankwart: „Ich hab' den Wagen vollgetankt, macht 45 Dollar."

Alwina: „Ich zahl' mit Kreditkarte."

Der Tankwart kaut vergnüglich auf seinen Kautabak herum und schüttelt mit dem Kopf.

Tankwart: „Kleine, da hinten steht ein Schild."

Alwina dreht sich um und im selben Augenblick greift der Tankwart, in das alte Auto und zieht den Zündschlüssel ab, den Alwina dummerweise stecken gelassen hat.

Tankwart: „… und auf diesem Schild steht NUR BARZAHLUNG."

Alwina schluckt überrascht und sieht, wie der alte Tankwart ihren Autoschlüssel zwischen seinen Fingern hält.

Alwina: „Ich hab' echt kein Bargeld dabei und sorry, das Schild habe ich völlig übersehen:"

Tankwart: „Hast du etwas anderes von Wert dabei?"

Alwina lächelt verlegen.

Alwina: „Nein, ich habe nichts Wertvolles dabei."

Tankwart: „Da hinten ist eine Pumpe, trag sie hierher und Zapf das Benzin bis zum letzten Tropfen wieder aus deinem Auto."

Alwina: „Ja, aber dann komm ich trotzdem nicht hier weg."

Tankwart: „Mädchen, das ist echt nicht mein Problem. Gib mir Bargeld und du bekommst meinen kostbaren Saft."

Alwina schaut den alten Mann an und überlegt. Dieser Tankwart ist mindestens siebzig Jahre und sieht auch noch aus wie scheintot. Aber sie hat nichts, was sie ihm anbieten kann für seinen kostbaren Saft. „Scheiße", denkt sie sich „Wenn dieser Tankwart wenigstens jünger wäre und vielleicht auch noch sexy aussehen würde. Obwohl, sieht man einem Mann am Schwanz an, wie alt er ist?" Alwina überlegt; mit so einem alten Kerl hat sie es bisher noch nicht getrieben und vielleicht macht es ja sogar Spaß. Alte Besen kehren ja bekannterweise gut. Nach einem kleinen Augenblick entscheidet sie sich dafür, dem alten Mann ein unmoralisches Angebot zu machen.

Zielsicher geht sie auf ihn zu und bleibt ganz nah vor ihm stehen.

Tankwart: „Was ist, Mädchen?"

Alwina: „Ich hab' da so eine Idee! Mit Ihrer alten Pumpe soll ich ja das Benzin, also Ihren kostbaren Saft, wieder aus meinem Auto befördern. Was halten Sie davon, wenn wir gemeinsam zu Ihrer alten Pumpe gehen und ich Ihren kostbaren Saft aus Ihrem Schwanz befördere? Der Tankwart muss bei diesem Vorschlag erst einmal seinen angesammelten Speichel und Kautabak auf dem Boden verteilen. Er schaut sich Alwina nochmal an und sagt: „Du bist echt heiß, und mit so etwas habe ich echt nicht gerechnet. Du willst echt dem Opi hier einen runterholen? Okay, du kannst den Saft in deinem Auto behalten und erlöst mich dafür von meinem kostbaren Saft und zwar dort hinten an der alten Pumpe. Deal?" Alwina willigt ein und sie gehen gemeinsam zur Pumpe hinüber. Dort öffnet der alte Mann seinen Blaumann und holt mit seinen öligen Händen sein Geschlechtsteil heraus. Alwina schaut ihn und sein bestes Stück fragend an. „Bisschen dreckig, der Kleine?", sagt sie darauf hin. „Was heißt hier Kleiner, sorg' dafür, dass er wächst und dreckig!?"

In diesem Augenblick entleert der Tankwart seine Bierdose über seinen Freudenspender und sagt freudig dabei zu Alwina. „Sauber, und jetzt leg' los." Alwina atmet tief durch und konzentriert sich intensiv. Sie zählt: „Eins, zwei und drei." Dann legt sie los. Ohne zu zögern, nimmt Alwina seinen Schwanz in den Mund. Sie möchte einfach nur, dass er abspritzt und dann könnte sie ja mit ihrem Auto die Reise fortsetzen. Der alte Tankwart stöhnt leise vor sich hin, während Alwina sein Glied massiert und ganz in ihren Mund aufnimmt. So saugt sie jetzt immer gieriger und härter an ihm herum. „Eigentlich hat der Opi ja einen schönen geilen Schwengel", denkt Alwina auf einmal. „Er ist schön dick und lang und so wahnsinnig hart und auch seine Eichel ist megamäßig prall." Während diese positiven Gedanken in ihr aufkommen, spürt sie auf einmal in sich selbst auch eine gewisse Erregung. Sie wird beim Beglücken dieses „alten" Kerls tatsächlich selber heiß. Als ihr dies bewusst wird, krault sie seinen Sack noch intensiver, leckt seinen Schaft der Länge nach hoch und runter und wichst kräftig lutschend an ihm. Es würde nicht mehr lange dauern, das merkt sie und diese Erkenntnis lässt ihren Mund und ihre Hände noch fester seinen harten Schwanz bearbeiten. „Gleich kommt es mir", schreit auf einmal, für Alwina völlig überrascht, der alte Tankwart. Doch statt ihn einfach in die Natur spritzen zu lassen, umschließt sie noch fester seinen Freudenstab. „Ahhhhh, jetzt kommt es mir", schreit er entspannt und schießt in diesem Augenblick seine ganze Ladung in Alwinas Mund, diese grunzt und beginnt zu schlucken. Erschöpft lächelt der alte Tankwart Alwina an und sagt zu ihr: „Das war ja richtig geil, Mädchen, du hast dir deinen Sprit wirklich verdient."Alwina lächelt und zwischen ihren weißen Zähnen und ihrer langen spitzen Zunge klebt noch etwas Sperma. Mit ihrer Hand wischt sie sich über ihren Mund und schluckt noch die letzten Reste herunter. „Hat mir echt auch Spaß gemacht.", erwidert sie, dreht sich um und steigt in ihr vollgetanktes Auto. Sie winkt und setzt ihre Reise vergnügt fort. Ihr Weg führt sie durch eine trostlose, wüstenähnliche Landschaft und der Highway, auf dem sie sich befindet, wirkt wie verlassen. Nach circa zwei Stunden Fahrt erscheint auf der linken Seite ein altes, einsames Motel, das stark an Alfred Hitchcocks Horror-Klassiker Psycho erinnert. Dort kehrt Alwina ein, denn dieses Motel hat sie in ihrer Vision gesehen. Dieses Gebäude wirkt etwas suspekt an diesem Ort. Es steht direkt am Highway und soweit das Auge reicht ist kein weiteres Gebäude zusehen. Nur Wüste und Einöde, selbst Norman Bates' Elternhaus fehlt in diesem skurrilen Bild. Dennoch betritt Alwina selbstsicher die Rezeption des Motels, denn sie spürt, dass sie hier eine „besondere" Erfahrung erleben wird.

Dafür ist sie ja extra Hunderte von Meilen gefahren. Ein alter Mann steht hinter dem Tresen und lächelt die junge Frau an „Hallo, ich würde gerne ein Zimmer mieten." ,sagt sie freundlich zu dem Mann hinter dem morschen Tresen. „Gerne", erwidert dieser mit einem etwas lüsternen

Blick. „Kann ich hier auch mit Kreditkarte zahlen?", fragt sie daraufhin. Das Lächeln verschwindet im Gesicht des Hausherrn und ein enttäuschtes „Ja, geht auch" schallt Alwina leise entgegen. „Ich würde gern das Zimmer Nummer sieben bekommen", wirft Alwina noch in das Gespräch ein. Der alte Mann schaut sie fragend an und erwidert. „Sonst noch Sonderwünsche?" Alwina lächelt auf ihre bezaubernde Art und sagt: „Danke, ich bin komplett zufrieden." So verschwindet sie auf ihr Zimmer, legt sich erschöpft auf ihr Bett und döst etwas ein. Sie wacht aber sofort wieder auf, denn sie hört ein leises Flüstern im Raum. „Schau her, Alwina D. Lavendel, schau hier her." Alwina ist etwas verängstigt und sieht sich verwirrt in ihrem

Zimmer um. Da erblickt sie neben einem Bild an der Wand ein kleines Loch, durch welches ein helles, gelbes Licht in ihr Zimmer scheint. Neugierig steht sie auf und schaut durch das Loch in das Nachbarzimmer. Dort erblickt sie eine Frau, die nackt durch das Zimmer läuft und sich anscheinend mit jemandem unterhält. „Wie langweilig", denkt Alwina in diesem Augenblick, doch irgendetwas fesselt sie an dieser unmoralischen Situation und so beobachtet sie alles etwas länger. Die Frau im Nachbarzimmer legt sich jetzt auf das Bett und spreizt einladend ihre Beine. Dabei sagt sie irgendetwas, doch Alwina versteht kein Wort. Im nächsten Augenblick erblickt sie einen wohlgeformten Männerrücken, der sich langsam auf die Frau im Bett zubewegt. Kurz vor dem Bett öffnet der Mann seine Jeanshose, diese rutscht an seinem knackigen und straffen Po hinab zu seinen Füßen. Alwina ist dadurch noch mehr angespannt und sehr erregt. Deshalb beobachtet sie immer weiter, was dort geschieht. Während dieser angespannten Situation gleitet Alwinas Hand zwischen ihre eigenen Schenkel. Dort stimuliert sie sich jetzt unbewusst selbst, immer mit einem Auge an der Wand. Auch die Umstände im Nachbarzimmer werden immer schärfer. Der gutaussehende Rücken küsst die Frau auf dem Bett leidenschaftlich. Der Frau scheint das sehr gut zu gefallen, denn ihr Atem wird immer schneller und ab und an hört man ein leises Stöhnen. Auf einmal dreht er sie um, sodass Alwina nur noch die Rücken der beiden Liebenden aus ihrem Guckloch sieht. Der Mann greift jetzt mit seinen Händen nach ihren Pobacken und zieht sie leicht auseinander. Vorsichtig und mit spitzer Zunge versucht er dann, in ihr enges Loch einzudringen. „Oh ja, das ist geil, hör nicht auf damit", sagt auf einmal laut und deutlich die Frau im Nachbarzimmer. Alwina schreckt kurz zusammen, sieht dann aber wieder neugierig durch das Loch im Hotelzimmer. Der Mann auf der anderen Seite, lässt jetzt seine Hand zur Seite gleiten und setzt seine Eichel direkt vor dem nassen und geilen Loch der erregten Frau an. Mit einer schnellen Bewegung drückt er in nur einer Sekunde ihren Oberkörper noch ein Stück weiter nach unten und dringt mit einem kräftigen Stoß ein und bewegt sich dabei langsam vor und zurück. Die Frau schreit: „Mehr, fester, ohhhh, geil." So gibt sie sich völlig diesem Kerl hin und entspannt dabei immer mehr. Solange, bis beide zum ersehnten Höhepunkt kommen, wobei dieser geile Typ seinen Saft in mehreren Stößen in ihren Anus spritzt. Voller Erschöpfung sinken beide im Bett zusammen. Die Frau steht aber nach kurzer Zeit wieder auf und bedankt sich bei ihrem Liebhaber. „Danke für dieses wunderschöne Erlebnis." Dann zieht sie sich an und verlässt das Hotelzimmer. Alwina rennt jetzt neugierig zu ihrem Hotelfenster und beobachtet die Frau weiter. Diese geht direkt auf den Highway zu und bleibt in der Mitte stehen. Auf einmal wird diese Frau von einem blauen Licht ummantelt. Alwina traut ihren Augen nicht, sieht sie da gerade die Aura dieser Frau? Was ist das? Alwina sprintet zur Tür, öffnet diese und läuft zum Highway. „Stopp", ruft die Frau auf der Straße und Alwina bleibt augenblicklich stehen. In derselben Sekunde wird die Frau von einem Lastwagen erfasst und mitgeschleift. Alwina kann ihr nicht mehr helfen und steht unter Schock am Straßenrand. Da hört sie auf einmal das Klicken eines Feuerzeugs hinter sich. Sie atmet tief ein und dreht sich um. Sie erblickt einen Mann, der sich gerade eine Zigarette anzündet. Das Gesicht ist aber nicht zuerkennen, da er im Schatten steht. Alwina spricht aufgeregt mit dem Mann „Wer sind Sie? Egal, da ist gerade ein Unfall passiert, wir müssen Hilfe holen." Der Mann kommt jetzt auf sie zu und Alwina kann sein Gesicht erkennen. „Hallo Alwina, schön, dich nach so langer Zeit wieder zu treffen." Alwina erstarrt schon wieder, diese Stimme, dieses Gesicht! Alles kommt ihr bekannt vor und ihr Gefühl sagt ihr, dass sie diesen Mann schon einmal getroffen hat. Sie dreht sich wieder zum Highway, um der verunglückten Frau zu helfen. Doch die Straße ist völlig ruhig und es ist weder eine Frau noch ein Lastwagen dort zu sehen, geschweige denn ein Unfall. Der mysteriöse Mann reicht ihr seine Hand und beide verschwinden im Motel. „Setz dich erst einmal", sagt der Mann zu Alwina. „Was trinken?" Alwina schüttelt den Kopf und fragt: „Was ist da gerade passiert?" Der Mann nimmt sich einen Stuhl und setzt sich zu Alwina. Dann beginnt er zu erzählen: „Weißt du eigentlich, dass du etwas ganz Besonderes bist? Wir beide kennen uns schon sehr lange. Nicht aus dieser Zeit, nein, aus einer Zeit, die schon einige tausend Jahre vergangen ist. In dieser Zeit haben wir uns geliebt und Treue geschworen, bis über den Tod hinaus. In diesem anderen Leben wurden wir aber hintergangen und verflucht, seitdem streifen wir durch die Zeit. Wir werden beide von einer Begierde nach Sex angetrieben, mit dem einzigen Ziel, unsere größte Befriedigung zu finden. Unser Fluch ist die endlose Suche nach erotischer Befriedigung." Alwina unterbricht den Mann: „… und

die Frau, die auf dem Highway gestorben ist?" Der Mann sieht Alwina tief in die Augen. „Diese Frau ist eine Mörderin und ich habe ihr nur ein schönes Erlebnis vor ihrem Tod geschenkt. So kann sie befriedigt vor den Teufel treten und außerdem gibt mir das auch einen gewissen Kick, der Letzte gewesen zu sein, der es ihr besorgt hat. Wie schon gesagt, wir sind auf der Suche nach dem besonderen erotischen Erlebnis. Du hast doch ihre Aura gesehen, ein Zeichen ihrer Zufriedenheit."
Alwina denkt nach und ihr wird bewusst, dass dieser Mann vielleicht die Lösung ihrer Suche ist. „Was ist also unsere gemeinsame Aufgabe? Sex? ... und das erleben eines besonderen Orgasmus'? Wer hat uns verflucht? ... und wir waren ein

Liebespaar? Obwohl ich gerade überhaupt nichts empfinde für dich!" Der Mann lächelt Alwina hinterlistig an und sagt dann zu ihr: „Vielleicht sollten wir es miteinander tun. Dann wirst du dich an mich mit Sicherheit erinnern." Alwina stimmt zu und öffnet ihre Bluse. Der Fremde schaut ihr dabei lüstern zu, bis Alwina auf allen Vieren zu ihm hinüber kriecht. Ihre Hand greift zwischen seine Beine und massiert gleichmäßig sein Geschlechtsteil, das noch immer in seiner engen Jeanshose auf seine Befreiung wartet. Der Mann nimmt nun Alwinas Kopf und schiebt ihn langsam, aber beharrlich, in Richtung seines eigenen Kopfes. Er will sie küssen, doch Alwina hat etwas anderes vor. „Komm, fick mich, meine Fotze läuft schon über", murmelt Alwina leise, aber begierig. Doch irgendwie reagiert dieser Mann nicht wirklich auf diese Bitte. Er nutzt nicht die Möglichkeit, die ihm gerade angeboten wird. Aber warum? So öffnet sie einfach seine Jeanshose und nimmt sein steifes Glied in die Hand. Dann beginnt sie seine Vorhaut vor- und zurückzuschieben. „Ich kann ihn auch blasen", sagt sie fragend, doch sie erhält keine Antwort. So gleitet sie, ohne Rückfrage, mit der Zunge an seinem steifen Glied herab und beginnt, seinen Schwanz mit ihrer spitzen Zunge und ihrem Mund zu verwöhnen. Bei diesem perfekten Orgasmus-Programm kann auch dieser Mann sich nicht mehr zurückhalten und im Nullkommanichts spritzt er seinen Saft in Alwinas

Mund. In diesem Moment der Ekstase und Unachtsamkeit greift Alwina, wie von Geisterhand gesteuert, zu dem Schlüssel, den sie vor einiger Zeit von ihrer Vormieterin erhalten hat, und drückt diesen in den Genitalbereich des Fremden. Dieser schreit schmerzvoll auf und entzündet sich wie ein Vampir im Tageslicht. „Du Schlampe, ich verfluche dich wie schon einst. Du wirst niemals deine wahre Liebe finden." In diesem Augenblick verdunkelt sich der gesamte Raum. Man kann nicht einmal mehr das Bett, auf dem Alwina liegt, sehen. Nur Alwina ist noch im tiefen Schwarz der Umgebung deutlich zuerkennen und um sie herum wird langsam ihre Aura sichtbar. In diesem Moment fühlt sie sich besonders wohl, sicher und geborgen. Dieser unbekannte Mann kann nicht ihre große Liebe gewesen sein. Denn bei einer großen Liebe spürt man mehr als nur Gier und Geilheit. Er muss das Böse gewesen sein. Der, der sie einst verflucht hat. Sicherlich ist er der Grund, weshalb sie diese Reise angetreten hat. Aber ist das hier ihr Ziel?

Hat sie es wirklich erreicht? Ist das hier ihr glücklichster Augenblick? In diesem Moment breitet sich aus ihrem Körper ein heller, greller Strahl aus, der alles erleuchtet und sofort wieder erlischt. Dunkelheit umgibt Alwina nun. Doch von irgendwoher erklingen Stimmen, die immer lauter und lauter werden. Da öffnet Alwina vorsichtig ihre Augen, sie liegt auf dem Boden im Sand und eine Menschenmasse läuft auf sie zu, im Hintergrund erkennt sie eine mächtige Pyramide. Die Menschen helfen ihr auf und Alwina sieht sich an diesem Ort, der ihr bekannt vorkommt, genauer um. Da ertönt ein lautes Signal und alle Menschen um Alwina gehen auf die Knie. Alwina aber bleibt stehen und beobachtet das Treiben. In diesem Moment zerrt ein Mann aus der Menge an ihr und flüstert: „Kniet bitte nieder, Ihr werdet sonst bestraft." Doch diese Bitte erreicht die junge Frau zu spät, denn im selben Augenblick wird sie von einem Soldaten gefasst und aus der Menge gezerrt. Erschrocken blickt sie diesem ins Gesicht und erstarrt vor Schreck. Der Soldat lächelt und wirft sie mit aller Kraft auf die Straße, direkt vor die Füße seines

Offiziers. Geblendet von der Sonne schaut Alwina nun zu diesem hinauf, und als er sich zu ihr herabbeugt, erkennt sie noch ein schreckliches Gesicht. Das Gesicht eines verwesten Menschen, beziehungsweise das einer untoten Mumie. „Nehmt sie mit", vernimmt sie noch, bevor sie durch einen Schlag auf den Hinterkopf ohnmächtig wird. Als sie wieder zu Bewusstsein kommt, ist sie wie ein Vogel in einem Käfig gefangen. Dieser hängt zur Belustigung der Anwesenden mitten in einem prächtigen Palastsaal. Der Saal ist komplett mit untoten Mumien gefüllt, die sich wollüstig über die anderen gefangenen Frauen hermachen. Sie feiern und genießen ihr Dasein, nur Alwina ist von diesem Anblick angewidert. Doch jetzt wird sie auch von einem Untoten wahrgenommen, der voller Gier zielstrebig auf Alwinas Käfig zuläuft. Kurz bevor er ihn aber erreicht, springt die goldene Palasttür auf und wütende Krieger stürmen das Fest. So kommt es zu einem Scharmützel zwischen den untoten Mumien und diesen weißgekleideten Eindringlingen. Alwina beobachtet den Kampf und schreit um Hilfe. Einer der Eindringlinge erkennt ihre Not und schießt mit einem Bogen auf den Käfig, der augenblicklich von der Palastdecke fällt. Als er auf den Boden auftrifft, wird um Alwina wieder alles dunkel.

„Aufwachen, Alwina, Sie haben wieder geträumt!", erklingt in der Dunkelheit eine männliche Stimme.

Die Frau öffnet die Augen und erblickt sich selbst in einer Spiegel-
wand. Sie liegt auf einer Pritsche und
am Fußende stehen eine Krankenschwester und ein Mann mit einem
Gehstock.

Mann mit Gehstock: „Wissen Sie, wo
Sie sind?"

Die Frau auf der Liege schüttelt
leicht verwirrt ihren Kopf.

Mann mit Gehstock: „Alwina? Elisa?"

Die Frau reagiert nicht und so wird
die Nachfrage vom Mann mit Gehstock intensiver und lauter. „Wer
sind Sie? Nennen Sie mir Ihren
‚jetzigen' Namen!" Da antwortet die
Frau leise und mit zittriger Stimme:
„Ich habe keinen, ich habe noch nie
einen eigenen Namen gehabt." Der

Mann mit dem Gehstock nickt daraufhin zufrieden und sagt zur anwesenden Krankenschwester: „Wunderbar, ich glaube, jetzt ist sie so weit." Aus einer dunklen Ecke im Raum tritt jetzt eine junge Frau mit einem enganliegenden Kampfanzug und einer großen dunklen Sonnenbrille hervor. Diese Frau schiebt einen Rollstuhl vor sich her, den sie direkt hinter dem Mann mit dem Gehstock abstellt. Dieser setzt sich in den Rollstuhl und fährt langsam auf die Liege zu. Dabei verwandelt er sein Aussehen wie ein Gestaltenwandler aus einem billigen Science-Fiction-Film.

Mann im Rollstuhl: „Haben Sie keine
Angst, mein Name ist Professor
Charly und die junge Dame ist Lara,
meine Sicherheitsexpertin. Uns beide
kennen Sie eigentlich sehr gut, aber
Sie sehen im Augenblick nur das,
was Sie sehen wollen. Jeder Mensch
erschafft sich über kurz oder lang
seine eigene Realität und Ihre ist halt
etwas außergewöhnlicher als die der
Anderen. Dies ist durch eine extreme
Belastung unerwartet aufgetreten

und wir haben zu unserem Bedauern nicht damit gerechnet. So mussten wir abwarten, ob sich diese geistige Anomalie von alleine wieder zurückbildet. So ähnlich, als ob man einen Computer herunterfährt und wieder neu startet. Sie können sich nicht mehr an Ihre Kindheit erinnern oder an das Leben, welches Sie wahrscheinlich Ihres Erachtens einst geführt haben. Das liegt aber nicht daran, dass Sie an einer Schizophrenie leiden, so wie es Ihnen Ihr Unterbewusstsein ständig suggeriert. Es liegt daran, dass Sie wirklich keine Vergangenheit haben." Die Frau auf der Liege sieht den Professor fassungslos an und lauscht seinen Worten ungläubig.

Mann im Rollstuhl: „Sie wurden - wie wir alle - nicht auf natürliche Weise geboren, sondern künstlich geschaffen. Aus Genen, die schon Tausende von Jahren alt sind und von diversen Welten stammen. Welten, die sich selber vernichtet haben und deren Erbe, beziehungsweise deren Existenz nur durch unsere Genspeicherung überhaupt noch real ist. Ohne uns wären all diese primitiven Spezies bereits vollständig ausgerottet. Doch aufgrund des Alters der genutzten Gene oder der leichten Veränderungen, die wir vornehmen mussten, um diese für unsere Rasse kompatibel zu machen, kommt es hin und wieder vor, dass Generinnerungen auftauchen, die zu geistigen Anomalien führen. Ich weiß zwar nicht, was Ihnen Ihr Geist widergespiegelt hat, aber Sie können froh sein, wieder im Hier und Jetzt sein zu dürfen.

Lara hilft der Frau von der Liege auf, diese sieht zum Professor und fragt ihn leise: „Und wer bin ich nun?" Charly lächelt und fährt zu einem großen Fenster im Raum. Er drückt auf einen Knopf und das Fenster öffnet sich. Lara führt nun die Frau an das geöffnete Fenster. Als sie aus diesem sieht, erblickt sie einen bunten Haufen merkwürdiger Kreaturen, die alle erwartungsvoll zu ihr aufblicken. Die Frau schreckt zurück, direkt in zwei Arme, die sie festhalten. Sofort sieht sie auf ihre Schulter und nimmt dort eine beharrte Pranke wahr. „Hab keine Angst, mein Schatz, du bist jetzt in Sicherheit."

Mit pochendem Herzen dreht sie sich um und sieht in die Augen eines Zombiewerwolfs. Dieser Anblick erschreckt sie so sehr, dass sie augenblicklich wieder in Ohnmacht fällt. Alles um sie herum wird dunkel und in der Finsternis spricht eine zarte Stimme zu ihr: „Unsere Träume können wir erst dann verwirklichen, wenn wir uns entschließen, daraus zu erwachen." (Josephine Baker, 1906-75) So öffnet sie wieder ihre Augen und blickt jetzt auf eine Frau, die sie freundlich anlächelt und ihr sowie einigen anderen Kindern eine Geschichte erzählt. „Hey kleine Elisa, nicht einschlafen. Vor einiger Zeit habe ich einmal eine Geschichte gehört, eine völlig   unglaubwürdige und mysteriöse Geschichte, die ich euch heute   einmal erzählen möchte. Was ich aber damals nicht wusste, war, dass diese Geschichte tatsächlich auf einer realen Begebenheit beruht." Die Frau unterbricht kurz ihre Geschichte und sieht zu Elisa hinüber. In diesem Moment wird Elisa von einem seltsamen Gedanken überwältigt. „Die Wahrheit", murmelt sie vor sich hin. „Was wäre, wenn ich gar nicht verrückt bin und alles, was ich erlebt habe, gar keine Wahnvorstellungen sind? Vielleicht erinnern sich nur die Anderen nicht mehr an diese Wirklichkeit. Aber weshalb ich? Irgendetwas muss geschehen sein. Doch warum wiederholen sich bestimmte Ereignisse immer wieder? Was war vor diesen Ereignissen? Es muss doch alles zu irgendeinem Zeitpunkt einmal angefangen haben." Elisa konzentriert sich noch mehr und grübelt jetzt lautlos: „Was ist, wenn die Realität durcheinandergeraten wäre und die tiefergehenden Wahrheiten, die ich gerade erlebe, mir durch die Widersprüche meiner eigenen Gedanken und Erinnerungen einen Hinweis geben würden? Vielleicht soll ich ja das Gleichgewicht wiederherstellen und die Welt wieder in ihren Urzustand bringen. Dafür müsste ich aber die Ursache für dieses Chaos finden und die Fehler wieder beheben, um am Ende vielleicht selber meinen geistigen Frieden in dieser verrückten Welt zu finden. Nur wie?" Sie schließt ihre Augen und denkt nach. Stille umgibt sie in diesem Augenblick, doch als sie ihre Augen wieder öffnet, steht sie vor einem riesigen

Gebäude und um sie herum laufen bewaffnete Bürger und Soldaten, die gegeneinander kämpfen. „Diesen Ort kenne ich, ich hab das auf einem Bild schon einmal gesehen." Sie dreht sich um und eine bewaffnete Horde von Revolutionären stürmt auf sie zu. Sofort schließt sie ihre Augen und um sie herum wird es still. Nach kurzer Zeit öffnet sie diese wieder und findet sich auf einer tropischen Insel wieder. Sie steht an einem herrlichen Strand und der Wind streichelt zart und angenehm warm über ihre Haut. Sie geht gemütlich einige Schritte durch den Sand, als sie auf einmal ein lautes, donnerndes Geräusch wahrnimmt. Auf dem offenen Meer erscheint ein mächtiger Atompilz. „Ich erinnere mich, das hatten wir früher einmal in Geschichte. 1954 testeten die USA über den Marshall-Inseln im Westpazifik eine gewaltige Wasserstoffbombe." Sie lächelt und schreit laut: „Ich kann durch die Zeit reisen!" Da kommt die Druckwelle direkt auf sie zu, doch Elisa schließt ohne Angst einfach wieder ihre Augen. Es wird still um sie herum und nach einer gefühlten Ewigkeit öffnet sie wieder die Augen. Jetzt steht sie auf einer Kreuzung in einer riesigen Stadt. Diese scheint wie ausgestorben, nur die Werbebanner und Ampeln leuchten, als wäre nichts geschehen.

„Times Square! Das ist der Times Square in New York, hier wollte ich schon immer einmal hin. Aber wo sind die Menschen? Ich erinnere mich nicht an eine Zeit, in der die Stadt jemals so leer gewesen ist.

Wurden die Bewohner evakuiert? Warum?" Fragend sieht sie in alle Straßen, doch keine Menschenseele scheint hier zu sein. Da erblickt sie in der Ferne eine Gestalt, die wie ein alter Mann die Straße überquert. Sie ruft ihm zu: „Hallo, entschuldigen Sie, können Sie mir sagen, wo all die Menschen hin sind und welches Jahr wir jetzt haben?" Als sie diesem Mann näherkommt, dreht er sich zu ihr und läuft langsam mit vorgestreckten Armen auf sie zu. „Das ist nicht die echte Realität, Zombies gibt es da nämlich nicht." Sie atmet tief durch und schließt ihre Augen, sie spürt nur ihren eigenen Herzschlag und einen kühlenden Wind auf ihrer

Haut. Doch als sie die Augen wieder öffnet, steht dieser Zombie direkt vor ihr und will sie gerade packen. Sie erstarrt, doch in derselben Sekunde wird dieser Untote von einem Monster zur Seite gerissen und zerfleischt. Elisa flieht unter Schock durch die leeren Straßen von New York, wird aber schon nach kurzer Zeit von dem Monster, einer Mischung zwischen Werwolf und Zombie, eingeholt.

„Du bist lustig, mein Schatz", sagt

diese Kreatur freundlich zu Elisa und trägt sie auf ihren starken Armen durch die Stadt in Sicherheit.

So beginnt ein neues Abenteuer, eines, dessen Ausgang selbst Elisa noch nicht kennt.

Die Fortsetzung:

Unendlichkeit

Band 2

Die Helden von Paradoxa
voraussichtlich verfügbar ab 2016

Bewusst verwirrend geschrieben…

Hallo, liebe Leser!

Ich hoffe, Sie hatten etwas Gänsehaut beim Lesen dieser kleinen Hexenfantasiegeschichte. Wie Ihnen sicherlich aufgefallen ist, habe ich diese Geschichte diesmal nicht in einem angenehmen Lesestil verfasst, sondern genau so, wie sie mir zugetragen wurde. Die Hauptperson ist an Schizophrenie erkrankt, das bedeutet, dass das Denken kurzschrittig geworden ist und mehrschichtige Zusammenhänge sowie ihre Komplexität nicht mehr vorhanden sind. Das Schreiben von Texten, die mehrgliedrige Kausalverkettungen enthalten, gelingt dann nicht mehr und die sprachlichen Ausdrücke verarmen ebenfalls. In einigen Fällen kommt es dann zur Perseveration, also zu   Wiederholungen eines Gedankens, oder Idiolalie, unsinnigen Sätzen und Wörtern. Ich hoffe, dass dies gut in der Geschichte wiedergegeben wird.

Keine Zeit
zum Sterben:
oder wenn der Tod
ohne Anmeldung
einfach mal
vorbeischaut
ISBN:
978-1495454929

Hegemonie der
Zombies Teil 1
ISBN:
978-1494982188

Best of
Aktivierungs-
Coach:
Das Beste aus
Volume 1 bis 3
ISBN:
978-1500234799

Denis Geier,
Aktivierungscoach, Buchautor und Massageprak-
tiker mit Zertifikat, sowie von der TÜV Nord
Akademie geprüfter Pflege- und
Betreuungsassistent .